TOMATEN MÖGEN KEINEN REGEN

SARAH MICHAELA ORLOVSKÝ

TYROLIA-VERLAG • INNSBRUCK–WIEN

INNSBRUCK LIEST #YOUTH 2016 Preisbuch
EVANGELISCHER BUCHPREIS 2014 Preisbuch
KRANICHSTEINER JUGENDLITERATURSTIPENDIUM 2014 Preisbuch
KINDER- UND JUGENDBUCHPREIS DER STADT WIEN 2013 Preisbuch
ÖSTERREICHISCHER KINDER- UND JUGENDBUCHPREIS 2014 Kollektion
KATHOLISCHER KINDER- UND JUGENDBUCHPREIS 2014 Empfehlungsliste

1. Auflage als Tyrolia-Taschenbuch 2022

Umschlaggestaltung: Nele Steinborn unter Verwendung
eines Fotos von fotolia.com
Layoutgestaltung: Nele Steinborn, www.steinborn.at
Schrift: Henriette regular und italic (Typejockes), Helvetica Neue light und medium
Druck und Bindung: Florjancic, Maribor

ISBN 978-3-7022-4015-6 (gedrucktes Buch)
ISBN 978-3-7022-3421-8 (E-Book)
E-Mail: buchverlag@tyrolia.at
Internet: www.tyrolia-verlag.at
Social Media: Tyrolia Verlag Kinderbuch

Der Text „Gott schuf die Sonne“ auf den Seiten 43 und 44 stammt aus: Christa Reinig, Sämtliche Gedichte, mit einem Vorwort von Horst Bienek, Düsseldorf, Eremiten-Presse, 1984. Wir danken dem Verlag für die Abdruckerlaubnis.

Das Bibelzitat (Psalm 142) auf der Seite 175 ist entnommen aus der ökumenisch verantworteten Einheitsübersetzung der Heiligen Schrift.

WIDMUNG

Handlung und Personen dieses Romans sind völlig frei erfunden und haben nie woanders existiert als in meinem Kopf und auf dem Papier.
Es kann aber durchaus sein, dass irgendwo in Armenien eine Handvoll junger Menschen lebt, die mir geholfen haben zu verstehen, wie es ist, wenn dich alle behandeln, als wärst du behindert. Nur, weil deine Zunge oder deine Arme oder deine Beine nicht denselben Bewegungsradius haben wie die der meisten Leute.
Dafür möchte ich mich hier bedanken.

Sarah M. Orlovský

Die Trage quietscht, als der Notarzt sie ins Innere seines Wagens schiebt. Schwester Miki klettert hinein und setzt sich neben Sirup. Seine Hand hängt schlaff über den Rand der schmalen Matratze. Schwester Miki nimmt die Hand und legt sie in ihren Schoß. Sie massiert Sirups Finger. Ich habe ihn berührt, vorher, als er auf der Erde gelegen ist. Seine Hand war eiskalt. Eis-kalt. Wie tot.
Ich habe mir so oft ein Leben ohne Sirup gewünscht. Aber jetzt gerade wünsche ich mir nichts mehr, als dass er überlebt.

KAPITEL 1

„Manchmal trage ich zu viele Geschichten mit mir herum, die nicht mir gehören. Dann habe ich oft das Gefühl, dass mir alles zu viel wird“, sagt Schwester Miki. „Aber ich habe einen Trick. Soll ich ihn dir verraten?“
Ich nicke halbherzig.
„Ich schließe einfach die Augen und öffne meinen Kopf“, fährt Schwester Miki fort, „und alle Gedanken fließen heraus. Ich lasse alles los, was nicht mir gehört. Und dann öffne ich die Augen und stelle mir vor, dass ich alles zum ersten Mal sehe.“ Sie lächelt. „Da kommen oft ganz erstaunliche Dinge zum Vorschein.“
Das ist wieder so ein Spruch, den niemand versteht. Physiotherapie heißt, dass Schwester Miki mir die Knochen wieder einrenkt und meine Gelenke massiert, damit ich in Ruhe schlafen kann. Ohne diese elendigen Schmerzen. Aber sie zieht und dreht und massiert und dabei redet sie ohne Unterbrechung, die ganze Zeit, bis mir am Ende der Kopf weh tut.
Meine Augen schließen und den Kopf öffnen. Genau ...
Ich kann mir gut vorstellen, den Bäcker oder den Busfahrer oder den Postbeamten wie zum ersten Mal anzusehen. Das geht leicht. Wenn ich die Augen zumache, bin ich mir nicht einmal ganz sicher, wie sie aussehen.
Aber hier, zu Hause? Ich kenne alle hier fast mein ganzes Leben lang. Eilis singt und Sirup rennt und Gaya grummelt

und Tiko träumt von einem Schloss, in dem sie Prinzessin sein kann. Ich weiß, wie sie sind. – Wie leer muss ich meinen Kopf machen, bis ich all das vergesse?

Ich merke, wie Schwester Miki mich anstarrt. Ihre milchblauen Augen schauen ernst. Gleichzeitig lachen sie irgendwie, tief drinnen. Schwester Mikis Gesicht ist jung, fast ohne Falten, aber die Haarsträhnen, die unter dem Schleier hervorlugen, sind schneeweiß. Keine Ahnung, wie alt Schwester Miki ist. Wenn sie selbst Kinder hätte, wären die sicher jünger als wir. Aber sie hat keine eigenen Kinder.
Sie braucht auch keine. Sie hat ja uns.
„Bewahre dir diesen Blick, Hovanes", sagt Schwester Miki lächelnd.
Ich werde rot.
„Probier es heute einmal aus."

Es ist schön warm draußen. Auf der Veranda sitzt Eilis, ein Kissen im Nacken. Sie hat die Augen geschlossen und hält das Gesicht in die Sonne. Wahrscheinlich schläft sie. Ich schleiche mich vorsichtig an sie heran.
Da höre ich sie summen.
Als mein Schatten auf sie fällt, öffnet Eilis die Augen. Sie hat Augen wie schwarze Löcher. Große, schwarze Löcher, die alles aufsaugen. Manchmal falle ich selbst hinein, mit dem Kopf voran und dann ist mir wohl.
Eilis sieht alles. Die kleinsten Dinge. Manchmal ist sie ziemlich verrückt. Wenn sie einen Regenwurm sieht, zieht sie den Bremshebel an ihrem Rollstuhl. Einmal ist Schwester Rosa mit ihr in den Straßengraben gekippt, weil Eilis für eine Nacktschnecke gebremst hat.
Manchmal weint sie. Sie sagt, wenn sie zu viel sieht, wird sie traurig. Keine Ahnung, wieso.

Ich rutsche langsam mit dem Rücken an der rauen Hauswand hinunter, bis ich am Betonboden sitze, das Kinn auf die Knie gestützt. Es ist schön warm hier. Warm und ruhig.

Plötzlich bewegt sich etwas. Ein Schatten huscht zwischen den Apfelbäumen hindurch. Ich will Eilis anstupsen, da geht es schon BAKABAMM und die Tür knallt zu. Eilis zuckt zusammen. Ihre Hand schlägt gegen die metallene Armstütze am Rollstuhl. Sie verzieht das Gesicht vor Schmerz und saugt zischend die Luft zwischen den zusammengebissenen Zähnen ein.

Eilis sieht die kleinsten Dinge, aber in die Zukunft sehen kann sie nicht. Dabei muss man kein Hellseher sein, um sich auszurechnen, dass gleich eine Tür zuknallt – BAKABAMM! – oder ein Glas runterfällt – KALIRRRRR! – oder jemand indianerheult – AIAWUUUUAIAIAIAI! –, wenn Sirup vorbeisaust.

Sirup ist am längsten von uns allen hier. Seine Mutter wollte ihn nicht. Das haben die Schwestern zwar nie so gesagt, aber das müssen sie auch nicht.

Sirup liebt Sirup. Immer schon. Am meisten mit Himbeergeschmack. Er würde ihn ohne Wasser trinken, wenn er könnte. Sogar sein erstes Wort war „Sirup“. Normalerweise sagen Babys zuerst „Mama“ oder „Papa“, hat Schwester Rosa erzählt. Aber Sirup hatte ja keine Mama. Und einen Papa auch nicht.

„Unser Robin ist als Baby in den Sirup gefallen, wie Obelix in den Zaubertrank“, sagt Schwester Rosa immer. „Deswegen hat er so viel Energie. Genug Energie für ein ganzes Leben.“

Sirup läuft und läuft und läuft, den ganzen Tag lang.

Trapp trapp trapp läuft er,

TRAPPTRAPPTRAPP, immer schneller, den Hügel hinunter,

die Stiege hinauf,

BAKABAMM, knallt die Tür zu.

Das ist Sirup.

Er ist schon zwölf und er geht in die Schule und er kann noch immer keine Tür normal zumachen.
Jetzt sitzt Eilis da, in ihrem Rollstuhl und lächelt. Richtig wütend werden kann sie genau so wenig, wie sie laufen kann. Nie schreit sie oder haut auf den Tisch oder flucht.
Manchmal weint sie. Aber sie flucht nicht.

„Die Prinzessin kommt", sagt Eilis.
Ich horche.
„Diener, mach die Tür zu!", hallt es drinnen durch den Gang.
Natürlich gibt es keinen Diener. Das Türschließen erledigt der Wind, wie immer. Schon wieder knallt es.
Eilis kichert.
Die Haustür schwingt auf und ein neonrosa Zepter erscheint, dicht gefolgt von einer kleinen, runden Nase und einem silbernen Glitzerkrönchen. Die kleine Gestalt schreitet majestätisch die drei Stufen zu uns herunter. Der perlenbestickte Umhang weht hinter ihr her und liest den Staub von den Steinfliesen auf.
„Wie haben Prinzessin geruht?", fragt Eilis und legt den Kopf auf die Seite.
„Wirklich sehr ausgezeichnet", antwortet die Prinzessin würdevoll.
Ich glaube ihr aufs Wort. Das Muster des Frottee-Kopfkissens hat sich in ihr Gesicht eingraviert.
„Ich mag wieder Tiko sein. Prinzessinspielen ist langweilig", sagt Tiko, reißt sich das Krönchen vom Kopf und hüpft die letzten zwei Stufen hinunter, direkt in meinen Schoß. Meine Knie knirschen und mir bleibt die Luft weg. Tiko sollte nicht so viel Kartoffelpüree essen.
Tiko wirft ihre kurzen, kräftigen Arme um meinen Hals, drückt ihr Stupsnäschen gegen meine Hakennase und versucht, mir tief in die Augen zu blicken. Die Augen in ihrem kleinen

Gesicht stehen viel näher beisammen als meine. Tiko kann sich nicht entscheiden, wo genau sie hinsehen soll. Ihre Pupillen gehen über Kreuz. Sie drückt mir einen Kuss auf die Nasenspitze. Einen sehr feuchten Tikokuss. Ich verziehe das Gesicht. Tiko kichert vergnügt.
Plötzlich legt sie den Zeigefinger an die Lippen und wird ganz starr. Ich höre nichts. Den Wind vielleicht. Aber sonst ...
„Sie sind zurück", sagt Eilis.
„Juhu!", schreit Tiko und springt auf. Mit einem Satz ist sie auf dem Gartenweg und saust in Richtung Tor. Im selben Augenblick wird die Haustür aufgerissen, knallt – KALAKIBAMM – gegen den Türstopper und kommt postwendend zurückgeschossen. Bevor die Tür wieder ins Schloss fällt, ist Sirup schon die Stufen hinuntergesprungen. Hastig rennt er Tiko hinterher.
Immer muss er der Erste sein, wenn jemand kommt. Immer muss er das Tor aufmachen. Er hätte besser ein Wachhund werden sollen.

Ich stütze mich mit der Hand an der Wand ab und stehe auf. Ich habe keine Eile. Es sind ja nur Gaya und Schwester Rosa, die vom Einkaufen zurückkommen.
Schwester Miki kommt aus dem Haus. Sie bindet sich gerade ihre Arbeitsschürze um.
„Wollen wir ihnen ausladen helfen?", fragt sie munter. Ohne eine Antwort abzuwarten, löst sie die Bremsen am Rollstuhl und schiebt Eilis im Renntempo die Rampe hinunter auf den Gartenweg.
„Holterdipolter!", ruft sie und lässt Eilis über die Steine rumpeln. Eilis kreischt.

Als ich um die Ecke biege, kommen mir Schwester Miki und Eilis schon wieder entgegen. Der Rollstuhl ist mit Koch-

schokolade, Rosinen, Mohn und Taschentüchern beladen und von den Griffen baumeln vier Familienpackungen Klopapier. Tiko läuft mit wichtiger Miene hinterher und sammelt auf, was während der Rumpelfahrt hinunterrutscht.
Gaya ist nirgends zu sehen. Wahrscheinlich hat sie sich längst ins Mädchenzimmer verdrückt. Wundert mich nicht.

„Na, wo sind denn meine starken Burschen?“, ruft Schwester Rosa aus der Einfahrt herauf. Ich mag nicht, wenn sie so mit mir spricht. Wie mit einem kleinen Kind. Ich bin kein kleines Kind mehr. Aber sag das einmal einer Nonne.
Schwester Rosa steht unter der Heckklappe des Minibusses und dirigiert das Ausladen.
„Hier, mit besten Grüßen aus Bella Italia!“, sagt sie zu Sirup und zeigt auf eine Riesenladung Spaghetti. Sirup packt den Karton und grinst mich dabei an. Damit ich auch ja sehe, dass das ein Klacks ist für ihn. Dann rennt er davon und heult dabei wie eine Sirene.
„Und für dich die Bananen, mein Guter“, sagt Schwester Rosa und klopft mir auf die Schulter. Ich runzle die Stirn.
„Natürlich bio!“, ruft sie entrüstet, als sie meinen Blick sieht. „Nun hab dich nicht so, aufs unterste Regalbrett, Marsch Marsch!“
Ich nehme also die Bananenschachtel und mache mich auf den Weg. Sirup kommt mir schon bei den Apfelbäumen entgegengerannt. Er stürmt an mir vorbei, als gäbe es beim Auto gratis Eiscreme.

Ich schlichte die Bananen ordentlich ins Regal, damit sie nicht faulig werden. Sirup würde sie wahrscheinlich einfach hineinwerfen und wir müssten wieder zwei Wochen lang braunes Bananenmus essen. Den leeren Karton stelle ich zum Altpapiersammeln in die Abstellkammer. Ich mache alles genau richtig.

Das sollte Schwester Rosa jetzt sehen. Aber sie ist noch immer draußen. Das muss wirklich ein Rieseneinkauf gewesen sein. Ich laufe noch einmal hinaus, um den Rest zu holen.

Sirup hebt gerade etwas Großes aus dem Bus. Ich kann nicht genau erkennen, was es ist, aber es muss schwer sein, so wie er dabei in die Knie geht. Damit schafft er es nie bis ins Haus. Egal, wie breit er grinst.

„Nein, Hovo, nicht!", schreit Tiko, als ich zum Bus gehe.

Keine Ahnung, was nicht. Sirup taumelt unter seiner Last. Ich mache zwei schnelle Schritte. Da schiebt sich ein Schatten vor die Sonne.

Es ist Schwester Rosa. Sie sollte auch nicht so viel essen.

„Hovanes, bitte sei so gut und trag die Eier hinauf", sagt sie.

Die Eier? Da bleibt mir der Mund offen. Ernsthaft! Sirup schleppt sich kaputt und ich soll eine Packung blöde Eier in die Küche tragen?

„Hovanes, bitte, stell dich nicht so an", stöhnt Schwester Rosa. „Schwester Miki wartet schon. Sie braucht die Eier zum Kochen."

Sie drückt mir den Karton in die Hand und macht auf den Fersen kehrt. Mit Sirups Hilfe wuchtet sie die Riesenlast aus dem Auto, gemeinsam torkeln sie in die Garage.

Ich presse die Lippen aufeinander. Immer darf Sirup alles machen. Immer werde ich behandelt wie ein Baby. – Die Eier! – Ich bin älter als Sirup. Ich kann auch schwere Sachen tragen. Mindestens so gut wie Sirup.

Und die Gießkanne soll Schwester Rosa das nächste Mal alleine schleppen. Das mit den Bandscheiben kann sie ab jetzt jemand anderem erzählen.

ANA

„Ana?“, fragt Levon schüchtern. „Hat das noch bis Montag Zeit?“ Der Praktikant legt einen Packen Papier auf den Schreibtisch der Chefredakteurin.

„Hat was Zeit?“, fragt Ana und blättert die Unterlagen blitzschnell durch.

„Bis heute sollte ja das Konzept stehen, nicht? Für die Reportage über Menschen mit Behinderung“, erinnert sie Levon. „Aber ich stecke noch immer mitten in den Recherchen. Das ist so ein umfangreiches Thema. Kann ich da bitte noch übers Wochenende dran schreiben?“

„Ist gut“, seufzt Ana. „Ich komme vor Montag sowieso nicht dazu, mir das anzusehen.“

„Danke“, sagt Levon. „Und – ach ja – für die Sitzung morgen um 11.00, soll ich da noch etwas vorbereiten?“

„Welche Sitzung?“

„Ähm – die Redaktionssitzung für die Herbstausgabe.“

„Die Redaktionssitzung“, flucht Ana. „Verdammt.“

Levon starrt Ana verblüfft an.

„Ist alles in Ordnung?“, fragt er vorsichtig.

Ana holt tief Luft.

„Sowieso“, lächelt sie. „Es ist nur gerade etwas dicht, alles zusammen.“

Einen kurzen Moment lang steht Levon da, unschlüssig, ob er gehen oder noch kurz bleiben soll.

„Magst du vielleicht auf einen schnellen Kaffee gehen?", fragt er schließlich.
Ana sieht auf ihre Uhr. „Warum nicht", sagt sie. „Eine Pause kann nicht schaden."

Ich habe den Kopf fest zwischen die Knie geklemmt, um den Schmerz in meinem Kopf wegzudrücken. Trotzdem höre ich den Wagen. Das Tor schlägt klirrend gegen die Mauer und dann heult ein Motor auf.

Ich schiebe mich hinter dem schweren Regal hervor. Mein Hals und mein Rücken sind ganz steif vom langen Sitzen. Ich steige auf zwei Kartoffelsäcke, um aus dem Fenster sehen zu können. Von der Speisekammer aus sieht man nur die kleine Ecke der Einfahrt, in der die Mülltonnen stehen. Das Auto ist genau davor geparkt. Ich kann nur die offene Seitentür erkennen.

Es ist der Rettungswagen.

Sie sind zurück aus dem Krankenhaus.

KAPITEL 2

Die Leute fragen immer, wie das so ist, in einem Waisenheim zu leben.
„Es ist so, dass wir keine Eltern haben", sagt Eilis dann. „Aber wir haben hier trotzdem eine Familie."
„Das Essen ist okay", sagt Sirup dann, „oder was meinst du?"
„Ein Waisenheim ist halt ein Waisenheim", sagt Gaya dann. Wenn sie überhaupt etwas sagt.
Ein Waisenheim ist halt ein Waisenheim. Und wenn man sein ganzes Leben in einem Waisenheim gewohnt hat, weiß man auch gar nicht, wie es anders sein könnte. Es ist eben so.
Ich hätte nur gerne ein eigenes Zimmer, für mich allein. Oder zumindest *irgendetwas,* das nur mir gehört. Das Haus gehört allen, der Garten gehört allen, wir essen und beten und atmen zusammen, Schwester Miki regiert in der Küche und Schwester Rosa kontrolliert unsere Schränke. Dazwischen ist kein Platz für Wut und keine Zeit zum Spazierengehen.

Ich stopfe die Gartenhandschuhe in meine Hosentasche und schlüpfe in die Gummistiefel. Das raue Material reibt an meiner Ferse, als ich zu den Gemüsebeeten stiefle, aber ich bin zu faul, zurückzugehen und mir Socken zu holen.
Schwester Rosa kratzt mit Schere und Feile die Trauerränder unter Tikos Fingernägeln heraus. Eilis sitzt daneben und wartet, bis sie an die Reihe kommt. Sie lächelt mir zu. Aber

mir ist nicht nach Lächeln. Mir ist nach Vasenzertrümmern und Ziegelwerfen.
Stattdessen hebe ich den Deckel von dem Eimer mit der Brennnessel-Jauche. Schnell drehe ich den Kopf weg. Der Gestank haut mich fast um. Seit fünf Tagen schwimmen die Brennnesseln im Wasser. Der Sud ist bestimmt längst giftig.
Für Menschen.
Aber nicht für Tomaten. Die Tomatenstauden trinken Brennnesselsaft wie verrückt. Besonders jetzt, wo sie Blüten kriegen. Ich muss den Sud noch mit reinem Wasser mischen, damit er nicht zu stark ist. Mit angehaltenem Atem greife ich nach der Gießkanne.
Da plätschert es. Und dabei habe ich die Kanne noch nicht einmal gekippt ...
Regnet es? – Blödsinn. Blitzblauer Himmel, kein Tropfen von oben. Ich drehe mich um.
Es ist Sirup. Er steht breitbeinig da in seinen Gummistiefeln und wäscht den Kiesweg mit dem Gartenschlauch. Er sieht meinen Blick.
„Alles staubig!", ruft er und zeigt auf die Steine. „Ganz schön viel Arbeit."
Sirup nennt das Arbeit. Schwester Rosa würde sagen, es ist Wasserverschwendung. Aber Sirup ist das egal. Dafür duscht er nur, wenn es absolut notwendig ist.

Gaya kommt aus dem Haus. Ihr T-Shirt ist zerknautscht und die langen braunen Locken stehen ihr wild vom Kopf. Gut, dass Schwester Rosa beschäftigt ist. Sie will, dass ihre Mädels ordentlich aussehen. Adrett, sagt sie. In diesem Punkt haben Sirup und ich es besser. Wir müssen nur sauber sein.
Gaya sieht verächtlich zu den anderen Mädchen hinüber. Dann kommt sie mit großen Schritten zu uns. Vor Sirup bleibt sie stehen und zieht die Augenbrauen hoch.

„Goldwaschen war schon“, sagt sie und tippt sich an die Stirn. Dann nimmt Gaya ein Stück Bindfaden und macht sich an der Staude neben mir zu schaffen.
„Alles ist besser als Nägelschneiden“, knurrt sie.

Das Abendessen verläuft schweigsam. Sirup schaufelt den Eierreis in sich hinein wie ein Mähdrescher. Man kann ihm kaum zusehen, ohne dass einem schlecht wird dabei. Gaya trennt Körnchen für Körnchen den Reis von den Eiern.
„Kann ich schon aufstehen?“, fragt Tiko schmatzend.
„Mach erst mal deinen Mund leer“, sagt Schwester Miki. Tiko schluckt und klingt dabei wie unsere alte Waschmaschine.
„Jetzt?“
„Hab ein bisschen Geduld, Schätzchen“, gurrt Schwester Rosa. „Wir warten, bis alle fertig sind.“
„Aber ich könnte doch schon ...“
Schwester Miki verschließt Tiko den Mund mit einer Sonnenblumenserviette.
Ich habe große Lust, aufzustehen und meinen Teller abzulecken. Mal sehen, was sie dann tun.

„Den Abwasch erledigen wir nachher“, sagt Schwester Rosa endlich und schiebt ihren Stuhl zurück. „Ausnahmsweise. Wir haben noch etwas Wichtiges vor, bevor es dunkel wird.“
Tiko kichert.
„Psst!“, macht Eilis und legt den Zeigefinger an die Lippen.
Ohne weitere Fragen zu stellen, folgen alle Schwester Rosa in den Garten. Ich komme mir vor wie bei einer Verschwörung. Bin ich der Einzige, der nicht weiß, worum es geht? Oder denken die anderen einfach nicht darüber nach? Bin ich der Einzige hier, der sein Hirn benützt?
Ich gehe als Letzter aus dem Haus. Sirup springt hakenschlagend an den anderen vorbei zum Geräteschuppen.

Anscheinend hat Schwester Rosa ihm den Schlüssel gegeben. Er fummelt am Schloss herum und hält die Tür für uns auf. Als wäre das sein Privatschuppen. Ich könnte ihn erwürgen.

Ich hätte nie gedacht, dass wir alle in die kleine Holzhütte passen. Sogar Eilis' Rollstuhl geht sich aus. Irgendjemand hat Ordnung gemacht. Die Rechen, Harken und Schaufeln lehnen ordentlich nebeneinander an der Wand, der Schubkarren steht in der Ecke bei den Kisten und Schachteln und die Säcke mit der Blumenerde sind zu einer Pyramide aufgestapelt. In der Mitte steht etwas Großes, Eckiges, das mit einem Tuch verhüllt ist. Sirup baut sich mit verschränkten Armen daneben auf. Tiko flattert um ihn herum wie ein Huhn, das gerade ein Ei gelegt hat.

„Lieber Hovanes, es ist uns eine große Ehre, dir drei Gäste vorzustellen, die die nächste Zeit mit uns verbringen werden", sagt Schwester Rosa feierlich.

„Bis wir sie essen", murmelt Gaya. Schwester Miki legt ihr die Hand auf die Schulter.

„Wir präsentieren: Mümmelmann eins, zwei und drei!", ruft Sirup und zieht kräftig an dem Tuch.

„Das war meine Idee!", kräht Tiko. „Sie heißen alle Mümmelmann! Aber nur mit Nachnamen. Die Vornamen darfst du aussuchen, hat Schwester Rosa gesagt."

Vor mir steht eine große Holzkiste, mit Heu ausgelegt und mit einem Gitter bedeckt. Im Heu sitzen wie erstarrt drei Hasen. Nur die kleinen Nasen bewegen sich hektisch auf und ab.

Ich verstehe nicht ganz. Alle wissen davon? Nur ich nicht?

„Das sind Riesenkaninchen", sagt Schwester Rosa stolz. „Sie werden bis zu sieben Kilo schwer. Wir dachten, jetzt wäre ein ganz guter Zeitpunkt, um etwas Neues auszuprobieren – Hasenzucht. Du hast ja Zeit genug in den Ferien. Würdest du diese Aufgabe für uns übernehmen, Hovanes?"

Ich fasse es nicht. Riesenkaninchen züchten? Hoffentlich haben sie wenigstens Männchen *und* Weibchen gekauft ...
„Was sagst du dazu?", fragt Schwester Miki. Alle sehen mich erwartungsvoll an. Die Schwestern haben sicher eine Menge bezahlt für die Karnickel. Außerdem war es eine Überraschung, extra für mich. Es muss echt schwer gewesen sein, das geheim zu halten. Besonders für Tiko.
Ich versuche, so dankbar auszusehen wie möglich. Ein Kuss für Schwester Miki, einer für Schwester Rosa. Aber nur in die Luft. Das muss reichen.

„Schluss?", fragt Gaya gähnend.
„Ja. Lasst uns drinnen aufräumen und dann ab in die Heia", nickt Schwester Rosa. Im Gänsemarsch verlassen alle den Schuppen. Ich hocke mich neben die Kiste. Die drei Mümmelmänner scheinen sich beruhigt zu haben. Einer knabbert sogar ganz lässig an einem Heuhalm. Unglaublich, wie schnell er die Lippen bewegen kann. Das sieht witzig aus. Der Kerl ist ganz weiß. Er hat rote Augen. Oder sie. Keine Ahnung. Mümmelmann Numero zwei sieht auf jeden Fall aus wie ein Mädchen. Weiß mit grauen Flecken. Wie Schminke um die Augen. Und lange Wimpern. Das dritte Kaninchen ist weiß mit hellbraunen Flecken. Es sieht ein bisschen schmutzig aus. Vielleicht wäscht es sich nicht so gerne. Wie Gaya.
Waschen sich Hasen überhaupt? Vielleicht putzen sie sich mit der Zunge, wie die Katzen. Oder gar nicht, wie Hunde. Vielleicht kratzen sie sich nur. Ich muss sie genau beobachten. Das wird mein Projekt. Meine Aufgabe, ganz allein meine.

„Hovanes?"
Die Kaninchen erschrecken und ich auch. Wir kauern alle vier regungslos am Boden. Aber es ist nur Schwester Rosa, die sich durch die Tür schiebt.

„Hovanes, komm rein“, sagt sie. „Morgen zeig ich dir alles, was du über die Hasen wissen musst.“
Na toll. So viel zu „ganz für mich allein“.

ANA

Levon klopft an, bevor er die Tür zu Anas Büro aufdrückt.
„Hast du kurz Zeit?"
„Was gibt's denn?"
„Es ist wegen der Behinderten-Story ...", sagt Levon und lässt sich auf den freien Stuhl fallen. „Ich soll ja bis heute sagen, wie ich den Artikel anlegen will." Er stockt.
Ana sieht von ihrem Notizbuch auf. „Ja?"
„Ich habe mir überlegt, dass ich über Kinder mit geistiger und körperlicher Behinderung schreiben will", sagt Levon. „Darüber, wie sie leben. Über ihren Alltag und so."
Ana nickt. „Klingt interessant."
„Ich weiß nur nicht, *wie* ich es schreiben soll", seufzt Levon.
„Wie meinst du das?", fragt Ana.
„Na ja – so, wie mein Artikel bis jetzt aussieht, könnte es ein Lexikon-Eintrag sein. Wegen all dieser politisch korrekten Ausdrücke. Und beim Thema bin ich mir auch noch nicht sicher. Versteh mich nicht falsch, aber ... barrierefreie Bildung? Kinofilme für Gehörlose, Mode für Kleinwüchsige?" Levon sieht Ana hilflos an. „Das interessiert doch keinen!"
„Am besten, du schreibst über Einzelschicksale", sagt Ana. „So etwas lesen die Leute immer gern."
„Wie", meint Levon verwirrt. „Soll ich die einfach erfinden?"
„Natürlich nicht! Du besorgst dir die Adresse eines Behindertenheims und dann gehst du hin und schaust es dir an, inter-

viewst die Leute dort, machst Fotos, aus. Viel mehr gibt's da nicht zu tun."
„Ich weiß nicht", sagt Levon zweifelnd.
Ana sieht ihn nachdenklich an. Sie klopft mit dem Bleistift auf die Schreibtischunterlage.
„Hm, na ja, es ist deine erste große Reportage", sagt sie nach einer Weile. Sie schaut kurz auf ihren Terminkalender. „Weißt du was? Wir tauschen. Ich übernehme das Behindertenheim und du schreibst die Story über die Flößer. Das ist ein historisches Thema, das geht fürs Erste wahrscheinlich einfacher."
Levon nickt erleichtert. „Dazu fällt mir etwas ein", sagt er. „Danke!"
Ana schließt kurz die Augen und nickt.

Seit einer Ewigkeit hocke ich hier am Gang, am kalten Boden, ohne Polster, ohne Stuhl. Da bewegt sich die Klinke. Ich richte mich auf, rutsche auf die Knie. Schwester Miki kommt aus dem Zimmer. Sie sieht mich nicht an. Seit dem Unfall hat sie mir noch kein einziges Mal in die Augen gesehen. Ich weiß nicht, wie viele Stunden das schon sind. Vielleicht drei, vielleicht zwanzig, vielleicht hundert. Aber es tut weh. Es tut verdammt weh und es ist so ungerecht, dass es schreit in mir.

Wenn man etwas falsch gemacht hat, soll man es gleich zugeben und sich entschuldigen, sagen die Schwestern immer. Dann ist alles wieder gut.

Ich weiß aber nicht, was ich falsch gemacht habe. Ich kann mich auch nicht bei Schwester Miki entschuldigen, wenn sie nicht mit mir spricht und bei Sirup sowieso nicht, wenn sie mich nicht zu ihm lassen. Ich weiß nicht einmal, ob er sprechen kann. Ob er jemals wieder sprechen wird.

Nichts ist gut.

Nichts wird jemals wieder gut.

Schwester Miki läuft wieder an mir vorbei. Sie hat eine Schüssel mit heißem Wasser in der Hand und ein weißes Tuch über dem Arm hängen. Als die Tür aufgeht, sehe ich Schwester Rosa. Sie sitzt an Sirups Bett und hält seine Hand. Die Tür fällt zu und verschluckt sie alle, Sirup, Schwester Rosa und Schwester Miki. Sie brauchen mich nicht. Niemand braucht mich.

KAPITEL 3

Im Geräteschuppen ist es unerträglich heiß. Die Kaninchen sitzen bewegungslos in ihrer Kiste und starren vor sich hin. Ich knie mich auf den Boden und spähe durch die Holzlatten, um besser sehen zu können. Das graugetupfte Kaninchenmädchen liegt lang ausgestreckt auf dem Boden. Nur die kleine Nase bewegt sich schnell auf und ab. Das soll nicht so sein. Etwas ist falsch.
Die Kiste ist falsch. Sie ist für Kartoffeln, nicht für Kaninchen.
„Zuerst müssen wir darüber nachdenken, wo sie wohnen sollen", sagt Schwester Rosa und geht neben mir in die Hocke. „Die Holzkiste ist zu klein für alle drei."

Es stört mich, dass Schwester Rosa da ist. Das sind meine Kaninchen. Aber es ist immer das Gleiche: Zuerst schenkt sie dir was und dann will sie darüber bestimmen. Sie kann ja schon über das ganze Haus bestimmen, und Schwester Miki muss auch immer machen, was Schwester Rosa sagt, weil Schwester Rosa die Mutter Oberin ist. Da muss sie nicht auch noch die Mutter Oberin im Kaninchenstall sein.
„Du musst gut auf die Hasen Acht geben und den Stall sauber halten, Hovanes", sagt Schwester Rosa. „Hasen werden leicht krank, wenn sie im Schmutz schlafen. Dann sterben sie."
Das sind Kaninchen, keine Hasen. Sie weiß nicht einmal, wie die Tiere richtig heißen und dann will sie bestimmen, was ich

mit ihnen machen soll. Ich bin kein Kind mehr. Und ich bin nicht blöd.
Ich muss einen Stall bauen. Am besten einen auf Stelzen. Dann kann der Dreck durch das Gitter hinunterfallen und ich brauche nur den Boden zu kehren.
„Ein Mal am Tag musst du sie füttern, Hovanes", fährt Schwester Rosa fort und steht ächzend auf. „Ich habe Hasenfutter gekauft, das steht dort hinten in der Ecke. Dort liegt auch ein Messbecher. Ein Becher pro Hase reicht. Sonst überfressen sie sich."
Hasenfutter. Das Zeug sieht aus wie Müsli. Das kann ihnen nicht schmecken. Das ist doch viel zu trocken. Kaninchen brauchen sicher frisches Gemüse. Karotten gibt es genug im Garten. Aber Kaninchen fressen ja nicht nur Karotten. Das glauben nur kleine Kinder und Leute, denen Kaninchen egal sind.
„Hovanes, hörst du mir überhaupt zu?" Schwester Rosa stemmt die Hände in die Seiten.
Ja. Leider. Du bist ja nicht zu überhören. Aber Schwester Rosa muss man ansehen, wenn sie mit einem spricht. Darauf steht sie.
Ich schaue ihr brav ins Gesicht und nicke.
„Na gut. Jetzt lasse ich dich erst einmal allein mit deinen Schätzen, Hovanes", sagt Schwester Rosa zufrieden. „Wenn du etwas brauchst, kannst du jederzeit zu mir kommen." Sie streicht mir über den Kopf und geht. Wahrscheinlich ins Haus, um Gaya zu quälen. Oder zu ihren Blumen.
Ich muss Gras mähen für die Kaninchen. Und Heu machen. Vor allem für den Winter.
Ich glaube, das wird ganz schön viel Arbeit.

Wenn es nur nicht so heiß wäre ... Es ist wie verhext! Die Nägel zu lang, die Bretter zu kurz, alles wird schief. Jetzt habe ich den ganzen Tag geschuftet und der blöde Stall sieht aus wie ein Vogelhaus nach dem Sturm. Ich hätte nie gedacht, dass das so lange dauert.
Wenigstens sind Sommerferien.
Ich mag die Schule, aber in den Ferien sind die Tage friedlicher. Sie sind ohne Stillsitzen und Aufpassen und Aufzeigen und sie gehören mir.
Außerdem haben die Internate zu.
Ich kenne nicht viele Leute, die ins Internat gehen. Eigentlich kenne ich nur Lucine. Lucine musste ins Internat ziehen, weil ihre Schule in der Stadt ist. Sie kommt nur mehr selten heim und wenn sie heimkommt, besucht sie uns trotzdem nur manchmal. Aber jetzt hat das Internat zu und sie wohnt ganz hier bei ihren Eltern. Da hat sie Zeit, Eis zu essen und ihre Freunde zu besuchen, jeden Nachmittag, so oft sie will.
Meistens ruft sie nicht einmal vorher an. Wenn jemand zu Besuch kommen will, muss er immer zuerst Schwester Rosa anrufen. Sonst sagt Schwester Rosa: „Es tut mir leid, wir empfangen gerade keinen Besuch, bitte melden Sie sich vorher an."
Bei Lucine sagt sie das nie. Lucine kann einfach so kommen. Das hat sie schon immer so gemacht, schon im Kindergarten. Gestern hat sie trotzdem angerufen. „Ich komme morgen vorbei", hat sie zu Schwester Rosa gesagt. „Irgendwann am Nachmittag."
Jetzt ist es schon drei Uhr.
Aber das macht nichts. Lucine kommt bestimmt. Tiko und Eilis warten schon seit dem Mittagessen vor dem Haus. Tiko hat sich geweigert, ihr Mittagsschläfchen zu halten.
Ich würde auch lieber im Schatten unter dem Vordach sitzen. Mir ist heiß. Aber zum Sitzen ist keine Zeit. Den Kaninchen ist

auch heiß in ihrem dicken Fell. Und im Geräteschuppen ist es stockdunkel. Sie haben sicher Angst. Sie brauchen endlich einen Stall.

Die Glocke schrillt. Tiko springt auf und sprintet zum Tor. Da läutet es schon wieder.
Zwei Mal kurz, ein Mal lang.
Lucine.
Ich sammle die verbogenen Nägel ein und richte mich auf. Uff, mein Rücken tut so weh ...

KABUMM! – die Tür. Und Sirup rennt. Dieses Mal kommt er zu spät. Er rennt trotzdem. Die Schottersteine fliegen unter dem Druck seiner Schuhe in alle Richtungen davon. Es ist ohrenbetäubend laut. Ein Stein fliegt direkt in Schwester Rosas Blumenbeet.
Sirup überholt Tiko genau vor dem Tor. Tiko schimpft, ganz leise, sie braucht ihre Luft zum Laufen.
„Immer machst du Unangenehmheiten!", zetert sie.

Zu dritt kommen sie um die Ecke. Lucine streichelt Tikos Hand. Sirup macht ganz große Augen. Er redet wie der Nachrichtensprecher im Radio. Nur schneller.
„Und wir haben Hasen bekommen! Wir bauen einen Stall!"
Seine Stimme überschlägt sich.
Wir bauen einen Stall. Na klar. Das Einzige, was Sirup produziert, ist heiße Luft.
Sirup fuchtelt mit Händen und Armen. Er zeigt Lucine, wie groß die Kaninchen sind. So wie er die Arme streckt, sieht das eher aus, als hätten wir ein Pferd oder eine Kuh gekauft. Lucine beißt sich auf die Unterlippe und dreht den Kopf. Sie sieht mich.
Sieht mich an.

In der Schule haben wir besondere Wörter gelernt. Für Augenfarben. Es gibt meergrüne Augen oder eisblaue oder bernsteinfarbene. Aber diese Wörter passen nicht zu Lucine.
Lucines Augen sind schön. Sie sind ein bisschen wie Sonne oder Stroh.
Ich glaube, Lucines Augen sind blond.

„Hoi, Hovo", sagt Lucine.
Ich nicke ihr zu und versuche ein Lächeln ohne Spucke. Es ist so heiß hier. Tiko zieht an Lucines Hand. Immer will sie Prinzessin spielen, wenn Lucine kommt.
Sirup steht da, mit offenem Mund, als wollte er etwas sagen. Aber es kommt nichts mehr.
Ich kneife die Augen zu schmalen Schlitzen zusammen und starre Sirup an. Er starrt zurück. Langsam wird er unsicher. Ich zeige mit dem Kopf in Richtung Haus.
Sirup knurrt und trottet davon.
Gewonnen.
„Was hat er denn?", fragt Lucine verwundert. Ich zucke mit den Schultern und greife mir einen neuen Nagel. Ich will das Drahtgitter am Holzrahmen befestigen. Verflixt! Immer rutscht das Gitter über die Nägel und dann hängt es durch. Das kann doch nicht sein!
„Das wird wohl der Hasenstall, von dem mir Sirup erzählt hat?", meint Lucine.
Sie geht in die Hocke. Noch immer hält sie Tikos Hand. Tiko steht ganz schief da. Sie weiß nicht, ob sie stehen, sich hinhocken oder Lucines Hand auslassen soll.
„Hovanes bastelt das schon drei Tage lang", sagt sie und kauert sich doch neben Lucine, auf den heißen Kies, die Nase zwischen den Knien. Ich seufze zur Bestätigung.
„Ganz schön viel Arbeit, so ein Stall, hm?", meint Lucine. „Kann ich die Hasen mal sehen?"

„Sie sind im Schuppen! Komm, ich zeig sie dir!“, ruft Tiko, verwandelt sich in einen Gummiball und springt davon.

Unsere Augen müssen sich erst an die dunkle Staubluft gewöhnen. Aber den Albino sehen wir gleich.
„Oh, sind die süß!“, haucht Lucine. „Und schon so groß!“
„Die werden noch größer“, prahlt Tiko. „Das sind nämlich Hasenriesen.“
Lucine starrt gebannt in die Kiste. Die drei Mümmelmänner hoppeln herum. Sie kümmern sich gar nicht um uns. Lucine liest einen Grashalm vom Boden auf und steckt ihn durch einen Spalt in die Kiste.
„Tststs“, lockt sie.
„Das ist langweilig“, mault Tiko. Sie schlurft hinaus.
Wir sind allein.
„Brauchst du vielleicht Hilfe?“, fragt Lucine.
Lucine hilft immer. Sie ist ein Engel, sagt Schwester Rosa. Ich nicke begeistert und strecke beide Daumen hoch. Das sieht dämlich aus. Aber Lucine schaut sowieso nur auf die Kaninchen.

Vier Hände schaffen viel mehr als zwei. Lucine ist so geschickt. Sie bohrt Löcher in den Holzrahmen und fädelt den Blumendraht abwechselnd durch das Holz und das Drahtgitter. Es dauert gar nicht lange. Ich schraube noch die vier Stelzen an, damit der Stall nicht direkt am Boden steht. Ratzfatz.
Fertig!
Nebeneinander hocken wir in der Sonne und bewundern unser Werk.
Lucine dreht ein Gänseblümchen zwischen ihren Fingern. Dann steckt sie es sich zwischen die Zehen.
„Wie willst du die Hasen da reinbringen?“, fragt sie nach einer Weile.

Meine Kinnlade klappt nach unten. Ich spüre einen Speichelfaden im Mundwinkel.
Da ist ein Fehler. Ich habe einen Fehler gemacht. Der ganze Stall ist falsch. Die Kaninchen können nicht rein. Der Stall ist auf allen Seiten zugenäht. Knallbumm zu!
Lucine ist ganz rot im Gesicht. Sie presst die Hand gegen den Mund. Sicher findet sie mich blöd.
Sie lacht und legt mir dabei eine Hand aufs Knie.
„Sei mir nicht böse", prustet sie. „Aber sieh dir das einmal an! Das ist grenzgenial! Das gehört ins Museum!" Sie lacht und lacht und lacht, bis ihr die Tränen kommen.
Ich lache mit. Ich kann gar nicht anders.
Ich habe einen Fehler gemacht.
Aber das macht nichts.

KAPITEL 4

Schweißgebadet wache ich auf und weiß im selben Augenblick: Es war nur ein Traum. Es ist immer nur der eine, selbe, hässliche Traum. Er kommt daher wie eine Erinnerung, verschwommen, in Braun-Grau. Bis Mama mir den Rücken zudreht und die Tür aufmacht. Ihr Mantel ist gelb. Ich sehe ihre schmalen Schultern und den eckigen Koffer und ich höre, wie sich der Schlüssel im Schloss dreht. Das Geräusch ist so laut wie die Stille.

Ich möchte ihr hinterherlaufen. Mich ihr in den Weg stellen.

Sie soll mich ansehen.

Wenn sie mich sieht, bleibt sie hier.

„Mama!", möchte ich schreien. „Mama!"

Ich möchte ihr nachlaufen, aber ich habe kein Gefühl in den Beinen. Ich habe überhaupt kein Gefühl, außer dieses eine, das mir ins Genick drückt, diese Angst. Ich öffne den Mund und ich fühle, wie meine Stimmbänder aneinander reiben.

Es kommt kein Ton. Weil mein Leben ein Stummfilm ist.

Ich bleibe einfach sitzen, wo ich bin, und weine.

„Weißt du, welcher Tag heute ist?", kräht Tiko.

Erschrocken fahre ich hoch. Der Radiowecker zeigt 6.15 Uhr. Welcher Tag? Mir ist schnurzpiepegal, was für ein Tag heute ist!

Die Lider kleben schwer auf meinen brennenden Augen. Ich falle zurück in mein Kissen. Tiko hüpft auf mein Bett. Sie stößt mir ihr Knie in die Rippen und setzt sich rittlings auf meine Beine.
Ich versuche, sie abzuschütteln.
„Aber du musst aufstehen!“, ruft Tiko störrisch. „Heute ist doch ein besonderer Tag für dich!“
Es *wäre* ein besonderer Tag für mich, wenn ich endlich einmal in Ruhe ausschlafen könnte.
„Komm schon, steh auf!“ Tikos Piepsstimme ist jetzt ganz nah an meinem linken Ohr. „Wir müssen uns fertig machen! Heute feiern wir doch, dass dein Vater gestorben ist!“

Gayas Kopf bewegt sich im Rhythmus der Scheibenwischer. Hin und her, hin und her, hin und her. Das ist ihr Lieblingsspiel. Wenn sie weiß, dass wir einen Ausflug mit dem Auto machen, betet sie schon am Vorabend um Regen. Die Zunge zwischen den Lippen, folgt sie den Scheibenwischern mit den Augen und wiegt sich in die Wischbewegung ein.
Der Heilige Petrus erhört Gayas Gebete fast immer. Der Regen peitscht gegen die beschlagenen Scheiben des Wagens. Draußen ist nichts zu sehen außer Massen von Wasser, die vom Himmel stürzen. Sirups Finger öffnen und schließen den Aschenbecher in der Beifahrertür. Klickklackklickidiklack. Tiko schaut angestrengt zwischen den Sitzen nach vorne.

Ein LKW überholt uns hupend. Als er sich mit einem Mördertempo vor uns wieder einreiht, schwappt eine Riesenwelle auf die Windschutzscheibe. Schwester Miki schaltet die Scheibenwischer auf die höchste Frequenz. Gaya versucht einen kurzen Moment mitzuhalten, dann gerät sie ins Schleudern. Sie greift sich mit beiden Händen an die Ohren und rollt mit den Augen. Ich muss lachen.

„Wasser", brummt Gaya empört und dreht sich zum Fenster. Das Lachen bleibt mir im Hals stecken. Ich glaube, ich sollte nicht lachen.

„Heute feiern wir, dass Hovanes' Papa tot ist", sagt Tiko zu Sirup, als hätte sie ihn gerade zufällig getroffen und müsste ihm die neuesten Neuigkeiten stecken.
„Hör auf, das zu sagen!", fährt Gaya sie an.
„Warum denn?", fragt Tiko beleidigt.
„Weil man so was nicht sagt", brummt Gaya.
„Aber wir machen doch eine Feier?", ruft Tiko nach vorne.
„Ja", nickt Sirup.
„Weil Hovanes' Papa gestorben ist, nicht?"
„Ja", bestätigt Sirup.
„Also feiern wir, dass er tot ist!", ruft Tiko triumphierend.
„Gaya, ruhig Blut!", sagt Schwester Miki schnell, bevor Gaya mit den Fäusten auf Tiko losgehen kann.
„Wir veranstalten heute eine Gedenkfeier", erklärt Schwester Miki und fixiert dabei abwechselnd Gaya und Tiko im Rückspiegel. „Weil sich heute der Tag jährt, an dem Hovanes' Vater seiner Krankheit erlegen ist."
Tiko streckt Gaya blitzschnell die Zunge heraus. Aber nicht schnell genug.
„Aber du darfst nicht sagen, dass wir ‚feiern', Tiko", sagt Schwester Miki streng. „Denn feiern tut man nur, wenn man Grund zur Freude hat. Und freust du dich etwa, dass Hovanes' Vater gestorben ist?"
„Nein", haucht Tiko unglücklich. „Tut mir leid, Hovanes."
Ich lege die Hand auf Tikos Schulter.
Mir tut es auch leid.
Mir tut es leid, dass jedes Jahr alle wegen mir zum Friedhof pendeln und eine Gedenkfeier abhalten müssen. Alle bis auf Eilis. Sie ist mit Schwester Rosa zu Hause geblieben. Eilis war

nur ein Mal mit. Danach konnte sie nächtelang nicht schlafen. Es war wie ein Albtraum für Eilis, einer, aus dem man nicht mehr aufwachen kann.
Mein Vater hat sich vielleicht gefreut, dass jemand so lange an ihn gedacht hat. Wer hat denn sonst schon Zeit, in der Nacht an die Toten zu denken?

Die Fahrt zum Friedhof dauert nicht lange. Schwester Miki parkt das Auto und wir gehen gemeinsam zum Grab des Mannes, der mein Vater war. Fünf Regenmäntel in Rot, Grün und Gelb kämpfen sich durch die Wassermassen. Das Plastik bläht sich knisternd auf im Wind.
Wir wissen alle genau, wo es ist. Zweite Reihe rechts, ganz hinten in der Ecke.
Heute bin ich zum zwölften Mal hier. An das erste Mal habe ich keine Erinnerung. Ich war noch viel zu klein. Ich konnte noch nicht einmal alleine stehen.
Wer mich wohl gehalten hat, während sie ihn begraben haben?
Ich glaube, als mein Vater gestorben ist, war Mama schon weg. Da hatte sie schon ein neues Leben. Ohne uns.
Ob ich geweint habe?
Jemand muss mich gehalten haben.
Ich kann mich nur an die Gedenktage mit den Schwestern erinnern. Dass mich Schwester Rosa an der Hand genommen und zum Grab meines Vaters geführt hat. Seither ist es jedes Jahr das Gleiche.

Wir stellen uns rund um das Grab auf. Schwester Miki macht das Kreuzzeichen. Wir machen es gehorsam nach.
Wir beten.
Schwester Miki beginnt mit dem Vaterunser. Ich versuche die Lippen zu bewegen, ohne Regen zu schlucken und lasse den Blick schweifen.

Gaya steht da, das Gesicht halb von der großen Kapuze verdeckt, die Augen geschlossen. Der Wind trägt ein leises Murmeln zu mir herüber. Tiko betet laut und voller Selbstvertrauen ihre eigene Version des Vaterunsers.
Sirup steht auf dem Stein des Nachbargrabes und versucht, auf einem Bein zu balancieren. Schwester Miki zupft ihn am Mantel. Sirup macht einen Satz, landet mit beiden Füßen am Boden und ruft laut: „Amen!"
Genau im richtigen Moment.
Glückselig die Armen im Geist.

Jetzt kommt mein Auftritt.
Ich nehme vorsichtig die Rose aus Schwester Mikis Hand und lege sie neben das ewige Licht auf das Grab.
Das sollte jetzt ein besonderer Moment sein.
Jetzt sollte ich irgendetwas spüren. Jetzt sollte ich mich mit meinem Vater verbunden fühlen. Spüren, dass er irgendwie da ist.
Aber ich spüre nichts.
Ich stehe wieder auf und stelle mich zurück zu den anderen.

Wer möchte, kann ein kleines Gebet sprechen.
„Ich bitte für Hovos Papa, dass er es gut hat im Himmel", betet Tiko mit geschlossenen Augen. Irgendetwas verschließt mir die Ohren. Ich höre nur Rauschen.
Unterwassersender. Tauchstation.
Ich würde auch gerne eine Fürbitte sagen.
Aber ich kann nicht.
Vielleicht sollte ich weinen. Schwester Miki sagt immer, weinen hilft. Aber das geht nicht. Weil ich nicht will. Weil ich nicht wirklich traurig bin. Ich habe meinen Vater ja nicht einmal richtig gekannt.

Ich bin nur traurig, dass die anderen für meinen Vater beten. Und ich glaube nicht einmal an den Himmel.

Es regnet immer stärker.
„Die Engel weinen", sagt Tiko vergnügt.
Schwester Miki scheucht alle zurück in den Bus.
„Gebt mir die Mäntel heraus!", ruft sie. „Sonst werden die Sitze ganz nass!"
Ich bleibe einfach stehen und lasse den Regen über meine Augenlider laufen. Sie fühlen sich schwer an. Vielleicht sind es all die Bilder, die darauf drücken. Bilder von meinem Vater, wie er mich auf dem Schoß hält oder in die Luft wirft. Die ganz nahe sind. Nur dass ich sie nicht einfangen kann.

„Es ist gut, Hovanes", sagt Schwester Mikis Stimme plötzlich ganz nah an meinem Ohr.
„Lass es gut sein."

In der Küche blubbert der Wasserkocher und Schwester Miki rauscht mit einer Wärmflasche an mir vorbei. Es ist die grüne mit dem Froschgesicht. Es zischt seltsam, als Schwester Miki das Wasser einfüllt. Noch während sie den Verschluss festschraubt, verschwindet sie wieder im Bubenzimmer. Knallt die Tür zu und lässt mich hier sitzen.
Ich presse die Zähne zusammen und schlucke. Mein Hals drückt. Blinzelnd schaue ich durch den Türspalt ins Mädchenzimmer. Tiko sitzt an Eilis' Knie gelehnt und frisiert ihre Puppe.
„Wie spät ist es?", fragt Tiko.
„Du bist eine kleine Nervensäge", sagt Eilis. „Ich hab's dir doch vor zwei Minuten gerade erst gesagt."
„Wie spät ist es?", wiederholt Tiko unbeirrt.
Eilis seufzt. „16.53 Uhr", liest sie von ihrer Armbanduhr ab.
„Und wie spät ist das?", fragt Tiko.
„Das ist eine Stunde vor dem Abendessen", sagt Eilis. Sie dreht die Hand, sodass Tiko auf die Armbanduhr sehen kann.
Tiko starrt auf das Ziffernblatt.
„Und warum liegt Sirup dann noch im Bett?"

KAPITEL 5

Wir sind viel zu viele und wir stehen hier alle rund um den Stall. Um *meinen* Stall.

„Wie lautet der Plan?“, fragt Lucine und krempelt sich die Ärmel hoch. Sie hat Sommersprossen auf den Armen. Ganz wenige. Wie winzige Muttermale, nur orange.

„Loch schneiden, Hasen rein, Loch flicken, fertig“, sagt Sirup lässig.

Sirup soll den Mund halten. Der spinnt doch.

„Die Hasen müssen auch irgendwann einmal essen“, stellt Lucine trocken fest. „Also brauchen wir eine Luke.“

„Wir müssen ihnen einfach eine Haustür basteln“, meint Tiko. „Die kann man auf- und zumachen.“

„Am besten mit Klingel, ja?“, spottet Sirup beleidigt. „Das wird ein Hasenstall und kein Puppenhaus.“

„Tiko hat aber irgendwie Recht“, sagt Eilis beschwichtigend. „Wir brauchen eine Art Tür mit Schließmechanismus.“

Das klingt einleuchtend. Alle nicken. Tiko streckt Sirup die Zunge heraus. Sirup schlurft zum Container mit dem Plastikmüll und sucht ein wenig darin herum. Mit einem leeren Margarinebecher kommt er wieder zurück. Gaya tippt sich an die Stirn.

„So“, sagt Sirup bestimmt. „Wir schneiden das Loch genau so groß.“ Er zeichnet mit dem Finger den Rand des Bechers nach. „Dann stecken wir den Buttertopf rein und schon habt ihr eure

Tür." Stolz blickt er in die Runde. „Der hält wie angeleimt", fügt er hinzu.
„Viel zu klein", murrt Gaya.
„Wieso zu klein?", empört sich Sirup. „Die Hauptsache ist der Kopf. Wenn der einmal durch ist, geht praktisch der ganze Hase rein."
„Rein schon", grinst Gaya.
„Gaya hat Recht", meint Lucine. „Die Kaninchen werden noch um ein ganzes Stück wachsen. Und zum Ausmisten braucht Hovanes auch genügend Bewegungsfreiheit. Er muss mit beiden Händen hineingreifen können."

Das Ausmisten! Daran habe ich noch gar nicht gedacht. Ich gehe einmal rund um den Stall. Den Deckel müsste man aufklappen können. Vorsichtig drehe ich den Blumendraht am Deckel auf. Lucine hat sich so bemüht beim Einflechten. Hoffentlich wird sie nicht böse. Sie macht große Augen.
„Das ist es!", ruft sie und schlägt sich gegen die Stirn. „Mein Hamster hatte auch so einen Käfig, der oben aufging. Dass ich nicht selber draufgekommen bin!"
„Na dann", seufzt Gaya. Sie dreht sich auf dem Absatz um und geht zu ihrem Sonnenplatz vor dem Haus. Tiko schaut von einem zum anderen. Dann läuft auch sie davon.
„Na dann", lacht Lucine. „Frisch ans Werk!"
Aufgeregt kramt Sirup in der Werkzeugkiste. Er zieht die Zange hervor und stürzt sich auf den Stall.
„Was machst du denn?", ruft Eilis erschrocken. „Du machst ja den ganzen Draht kaputt!"
„Wir fädeln den Draht aus", erklärt Lucine. „Dann können wir ihn nachher noch verwenden."
Aber Sirup zwickt weiter.
„So geht es schneller", stellt er fest. Lucine starrt ihn an.
„Zwickzwack", singt Sirup fröhlich. „Zwick – Au! Verdammt!"

Die Zange fliegt in hohem Bogen durch die Luft. Sie schlägt auf dem Kies auf und das Holz unter Sirups Finger färbt sich rot.
Das war so klar. Sirup und eine Zange. Es konnte gar nicht anders kommen.
„Komm, ich bringe dich zu Schwester Rosa", sagt Lucine erschrocken. Sie nimmt Sirup am Arm.
Aber Sirup reißt sich los und läuft weg. Er rennt über den Schotter.
„Schwester Rosa ist im Nähzimmer", ruft ihm Lucine hinterher.
Ich glaube nicht, dass er das gehört hat.
„Besser, wir sehen nach, was er macht", meint Eilis. „Lucine, bringst du mich?"
Lucine packt die Griffe am Rollstuhl.
Ich bleibe hier. Sie können Sirup nicht verfehlen. Sie müssen nur der Blutspur folgen.

Lucine kommt alleine zurück. Ich mache das Kreuzzeichen. Gott hat mich lieb.
„Er wird's überleben", sagt sie.
Soll mir recht sein.
Wir arbeiten dahin wie ein eingespieltes Team. Der Deckel des Stalls lässt sich jetzt ganz leicht öffnen. Wie eine Truhe.
Auf den Boden des Stalls kommt Heu. Jetzt können die Mümmelmänner übersiedeln. Jetzt haben sie ein neues Zuhause.
Neugierig hoppeln sie herum. Schnuppern in jede Ecke.
„Scheint ihnen zu gefallen", sagt Lucine.
Ich bin ganz leicht.

Ich komme als Letzter in die Kapelle. Schwester Rosa hat mich vom Kaninchenstall weggeholt. Verstecken hat keinen Sinn.

Zu den Treffen muss jeder kommen, da gibt es keine Entschuldigung, außer vielleicht hohes Fieber.
„Das tut dir gut", sagt Schwester Rosa und schiebt mich durch die Tür.
Seit Schwester Miki so einen Kurs gemacht hat, haben wir jede Woche diese Treffen. Jede Woche das Gleiche. Und bis jetzt merke ich nichts davon, dass mir das guttut. Die Hüfte tut mir immer noch gleich weh, wenn ich nach dem Schlafen aufstehe. Schwester Miki hat einen runden Teppich auf dem Boden ausgerollt. Er sieht aus wie ein Schneckenhaus, graubraun, mit einer Spirale von außen nach innen. Oder von innen nach außen. Eigentlich ist das völlig egal. Aber Schwester Miki stellt solche Fragen. Immer, wenn wir uns mit ihr in der Kapelle treffen, will sie, dass wir über solche Dinge nachdenken, dann tut sie, als ginge es um etwas, dann müssen wir uns konzentrieren, als gäbe es rundherum nichts Wichtigeres.
Schwester Miki nickt uns zu. Jedem einzelnen schaut sie ins Gesicht. Das heißt, dass wir uns im Kreis um den Teppich setzen müssen. Wir sitzen alle auf dem Boden, nur Eilis bleibt, wo sie ist. Sie reckt sich, damit sie besser sieht.
Schwester Miki holt eine Schachtel hinter ihrem Rücken hervor. Sie stellt sie vor sich auf den Boden. Wieder sieht sie einen nach dem anderen an, mit diesem Blick, der mich wütend macht. Ich bin kein Kindergartenkind. Schwester Miki zieht etwas aus der Schachtel heraus. Ganz vorsichtig, mit spitzen Fingern. Es ist ein Seidentuch, blau, mit silbernen Glitzerstreifen.
„Oh!", haucht Tiko. Eigentlich dürfen wir nicht sprechen. Wir sollen ganz leise sein, in uns hineinhören. Aber Tiko haucht immer. Hauchen geht anscheinend, weil Schwester Miki das als Kompliment auffasst.
„Hier bin ich", flüstert Schwester Miki geheimnisvoll und lächelt Tiko an. „Ich bin der Wind." Sie lässt das Tuch durch

die Luft schweben und berührt dabei jeden von uns am Kopf oder an der Schulter. Das Tuch ist weich, aber die Silberstreifen kratzen ein bisschen.
Schwester Miki lässt das Tuch fallen und es segelt langsam hinunter auf den Schneckenteppich. Sie wartet, bis das Tuch ganz still liegt, sich nicht mehr bewegt. Dann greift sie wieder in die Schachtel. Dieses Mal ist es ein gelbes Tuch.
„Hier bin ich“, flüstert Schwester Miki. „Ich bin die Sonne.“ Dann reibt sie ihre Hände aneinander, ganz schnell hin und her, und legt sie Sirup auf die Schultern. Sirup lächelt selig. Das sieht blöd aus. Schwester Miki reibt wieder ihre Handflächen aneinander, geht zu Eilis, Tiko und Gaya und legt ihnen die Hände auf.
Ich bin der Letzte. Schwester Mikis Hände sind weich und warm. Ganz kurz schließe ich die Augen. Dann ist die Wärme auf einmal weg. Schwester Miki lässt auch das gelbe Tuch fallen und kniet sich wieder vor ihre Schachtel. Sie zieht ein neues Tuch hervor. Dieses Mal ist es silbern.
„Hier sind wir“, flüstert sie. „Wir sind die Sterne.“ Sie lässt feinen Goldstaub auf Tikos Haare rieseln.
„Sternenstaub!“, ruft Tiko und klatscht in die Hände.
„Reden verboten!“, zischt Sirup. Schwester Miki legt den Finger an die Lippen. Sie staubt uns der Reihe nach ein. Ich hoffe, das kann man wieder auswaschen.
Jetzt holt Schwester Miki ein Stück Papier aus ihrer Tasche. Ich lege den Kopf auf meine Knie. Schwester Miki räuspert sich und beginnt zu lesen.

ich rufe den wind / wind antworte mir /
ich bin sagt der wind / bin bei dir

ich rufe die sonne / sonne antworte mir /
ich bin sagt die sonne / bin bei dir

ich rufe die sterne / sterne antwortet mir /
wir sind rufen die sterne / sind alle bei dir

ich rufe den menschen / mensch antworte mir /
ich rufe – es schweigt / nichts antwortet mir

Schwester Miki steht auf, dreht sich zum Kreuz und verbeugt sich.
„Hier bin ich", sagt sie mit ihrer Gebetsstimme. Dann dreht sie sich wieder um, setzt sich und schaut uns an.
Tiko springt auf, läuft zum Altar und winkt Jesus, der da hängt, die Augen fest geschlossen.
„Hier bin ich!", ruft sie. Dann schaut sie zu Schwester Miki. Die nickt zufrieden und dreht Eilis' Rollstuhl um, sodass sie Richtung Kreuz schaut.
„Hier bin ich", sagt Eilis leise.
Ich spüre es in mir brodeln. Ich hasse es, wenn wir genau so beten müssen, wie sie es sagen, als müssten sie uns beibringen, wie man mit Gott redet. Sie sollten lieber diesem Gott einmal beibringen, wie man antwortet. Ich habe es schon oft genug probiert. Jeden Morgen und jeden Abend, als ich noch kleiner war, als ich noch auf eine Antwort gewartet habe. Und nie ist etwas zurückgekommen. Nicht ein einziges Mal.
Langsam stehe ich auf, mache einen Schritt zur Seite und verbeuge mich.
Dann gehe ich aus der Kapelle.

KAPITEL 6

„Heute bekommen wir Besuch aus einem anderen Land“, sagt Schwester Rosa.
„Kommt Lucine zum Spielen?“, fragt Tiko und schwenkt ihr rosa Neonzepter.
„Aus einem anderen Land, Schlaumeier!“, ruft Sirup. „Lucine ist doch nicht aus einem anderen Land! Wir verstehen doch, was sie sagt!“
Beleidigt zieht sich Tiko den Tüllschleier übers Gesicht.
„Wer kommt denn?“, fragt Eilis.
„Unser Gast ist aus Italien und heißt Sandro“, erklärt Schwester Rosa. „Mehr wissen wir selbst noch nicht. Er hat gerade angerufen und gefragt, ob er uns kurz besuchen darf.“
Mit verschränkten Armen setzt sich Tiko auf den Boden. „Ich will aber, dass Lucine kommt“, mault sie.
Wäre mir auch lieber. Vor allem, weil das noch nicht das Ende der Durchsage war. Schwester Rosa hat die Arbeitsschürze umgebunden. Das kann nichts Gutes heißen.
„Zu Ehren unseres Gastes bringen wir jetzt den Garten auf Vordermann“, verkündet sie mit einem strahlenden Lächeln. „Sirup, Gaya, ihr macht gemeinsam den Weg und den Platz vor dem Schuppen sauber“, kommandiert sie. „Äste und Zweige in die Brennholzkiste, Abfall in den Mülleimer, ihr wisst schon. Tiko, du hilfst Schwester Miki, die Wäsche aufzuhängen. Sie wartet auf dich, hinten am Wäscheplatz.“ Schwester

Rosa zieht Tiko an den Armen in die Höhe, dreht sie in die richtige Richtung und gibt ihr einen sanften Schubs.
„Eilis, du kommst mit mir, wir werden die Mutter Gottes mit Blumen schmücken. Und Hovanes, das Gemüse, wenn ich bitten darf. Und den Hasenstall ausmisten." Sie klatscht in die Hände. „Eins, zwei, drei, Marsch!"
Es muss toll sein, Mutter Oberin zu sein. Man kommandiert die anderen herum und wenn man einmal keine Lust hat zu arbeiten, setzt man sich ins Büro. Ich weiß gar nicht, wie Schwester Miki das aushält. Die muss ja auch immer tun, was Schwester Rosa sagt. Und das ohne Jammern.

Sirup saust begeistert los, um die Schubkarre zu holen. Die braucht er ganz sicher bei den paar Mini-Zweigen, die am Kiesweg liegen. Gaya sieht aus, als würde sie lieber mit Abfall werfen als ihn zu entsorgen. Wütend tritt sie in den Kies.
Wenigstens lassen sie mich alleine arbeiten.
Ich muss die Beete jäten und Unkraut zupfen. Ausgerechnet jetzt, wo der Boden ausgetrocknet ist von der Hitze.
Vorsichtig ziehe ich mir die gelben Gummihandschuhe über die Hände. Wenn ich ein Loch reiße, kann ich wieder ewig warten, bis Schwester Rosa mir neue kauft. Nur wenn sie selber etwas braucht, vergisst sie nie darauf.
Ich ziehe an einer Distel, die sich zwischen den Karotten breitmacht. Sie gibt sofort nach. Fast so, als hätte sie gar keine Wurzeln.
Auf der anderen Seite des Zauns tanzt Schwester Rosa mit Eilis zwischen Blumenbeet und Marienstatue hin und her. Sie stecken der Mutter Gottes Dahlien und Bartnelken in die Armhöhlen. Spätestens morgen hängt da nur noch Heu, bei der Hitze. Die armen Blumen.

Ich schlage die Wurzeln am Eimer ab. Trockene Erdklumpen fallen zu Boden. Plötzlich fällt ein Schatten auf mich. Erschrocken wirble ich herum. Da steht ein Mann, klein, mit einer kreisrunden Glatze über der Stirn und schwarzen kurzen Haaren rundherum. Wie kann es sein, dass ich ihn nicht bemerkt habe? Hat er sich angeschlichen?
„*Ciao*", sagt er und streckt mir die Hand hin. Er hat eine tiefe, kratzige Stimme und spricht ganz leise. Sirup kommt angeschossen. Seine Sneakers graben sich tief in den Kies, den er gerade so schön geordnet hat.
„Sandro, Sandro, komm!", ruft Sirup laut, viel zu laut.
„*Sandro*", sagt der Mann und tippt sich mit der Hand an die Brust und lacht. „*Io.* Ich." Er hat einen goldenen Zahn, der in der Sonne glänzt. Sirup nimmt seine Hand und zieht Sandro weg von mir. Sicher ist Sandro viel stärker als Sirup. Aber er lässt sich wegziehen.
Eigentlich interessiert es mich nicht, wenn die Schwestern Besuch haben. Da verdrücke ich mich lieber. Aber Sandro dreht den Kopf, schaut zu mir zurück, hebt die Schultern. Das sieht lustig aus. Ich muss irgendwie lachen. Ganz leise. Dann streife ich die Handschuhe ab, stecke sie mir in den Hosenbund und folge den beiden ins Haus.
Die Schwestern haben das blaue Tischtuch mit der gelben Blumenstickerei herausgeholt. Es riecht nach Kaffee. Sandro sitzt still da, während die Schwestern mit Tassen, Löffelchen, Zucker und Milch auf und ab laufen. Er rutscht auf dem Stuhl herum und reibt sich die Hände. Wahrscheinlich mag er so Besuche auch nicht.

„Wir freuen uns, dass Sie uns hier besuchen kommen", sagt Schwester Rosa unnatürlich langsam und setzt sich endlich. „Ich bin Schwester Rosa, Schwester Oberin im Haus ‚Betlehem' und das ist Schwester Miki, meine Mitschwester."

Schwester Miki kommt mit einem Teller Kekse ins Wohnzimmer und gibt Sandro die Hand.
„Steh nicht herum, Hovanes", sagt sie. „Setz dich zu uns, wenn du magst, oder geh hinaus, du darfst machen, was du willst."
Nur, dass ich nicht weiß, was ich machen will. Schließlich lasse ich mich in den Stuhl neben Sirup fallen.
„Sie sind aus Italien?", fragt Schwester Rosa.
Sandro nickt. „*Sì, sì!*"
„Ich liebe Italien", seufzt Schwester Miki. „Ich habe dort zwei Jahre lang studiert, in Rom."
Wieder nickt Sandro.
„Und was führt Sie hierher?", fragt Schwester Rosa.
„*Mia moglie*", sagt Sandro und überlegt. „*Mia* Frau – krank. *Mia moglie è malata.*"
„Seine Frau ist krank", flüstert mir Sirup ins Ohr. Ich stoße ihm meinen Ellbogen in die Rippen. Er soll still sein. Ich brauche keine Übersetzung, ich höre mir das lieber im Original an, mit der kratzigen, tiefen Stimme und der schönen Mischsprache. Es klingt ein bisschen wie ein trauriges Lied.
„Liegt sie hier im Krankenhaus?", fragt Schwester Miki mitfühlend.
„*Ma no, non affatto!*", ruft Sandro. „Krankenhaus *in Italia.*"
„Können Sie nicht zu ihr?", fragt Schwester Miki erschrocken.
„Sie braucht *della medicina* – Medikamente. *Ma è molto cara*, viel Geld – teuer, *è assolutamente impossibile.*" Sandro schaut auf seine Schuhspitzen. „Arbeit hier, Straßen bauen. *Soldi* – Geld, dann *medicina* kaufen, zurück nach *Italia.*"
„Die Straße habe ich gesehen!", flüstert Sirup.
„Wie oft kommen Sie denn zu Ihrer Frau nach Hause?", fragt Schwester Rosa.
„*A mesi alterni* – zwei Monate", sagt Sandro.
„Das ist eine lange Zeit." Schwester Miki wiegt den Kopf hin und her. „Nur alle zwei Monate – das muss hart sein."

„Wir freuen uns immer über Besuch“, sagt Schwester Rosa herzlich. „Sie sind hier jederzeit willkommen.“
„Nicht Besuch! Ich will helfen“, sagt Sandro. „Wenn ich habe frei, ich komme. Ich mache alles. *Gratis, naturalmente, sono volontario.*“
„Wir freuen uns sehr“, strahlt Schwester Rosa. „Es gibt viel zu tun bei uns. Da sind wir für jede Hilfe dankbar.“
„*Mille grazie*“, lächelt Schwester Miki.
„*Sì sì, suora.*“ Sandro macht eine leichte Verbeugung. „*Con piacere.*“

„Heißt seine Frau jetzt Mia oder Sissi?“, flüstert Sirup.
Vollidiot. Der kapiert wirklich gar nichts.

Ich weiß nicht, wie oft Sandro frei hat, aber am nächsten Tag steht er da, in blauen Arbeitshosen und hohen Lederschuhen und raucht eine Zigarette, mitten in Schwester Rosas Blumengarten. Wenn sie das sieht, bekommt er Probleme, das ist fix. Ich nehme ihn an der Hand und gehe mit ihm zum Geräteschuppen. Sandro zieht an der Zigarette, deutet auf den Kaninchenstall, deutet auf mich, hebt die Augenbrauen. Ich nicke.
„*Molto bene*“, sagt er und nickt anerkennend. „*Bravissimo!*“
Sandro klemmt sich die Zigarette in den Mundwinkel, kneift die Augen zusammen und hebt mit beiden Händen das Brett an, das den Käfigdeckel beschwert. Er öffnet den Verschluss, steckt die Hand in den Käfig und wühlt in der Streu. Dann bewegt er den Deckel ein paar Mal auf und ab. Die Scharniere quietschen.
„*Sì, sì*“, sagt er noch einmal und Asche fällt auf den Kies. „*Va bene.*“
Sandro deutet auf die Schuppentür und legt den Kopf schief. Ich ziehe die Tür auf und mache einen Schritt zur Seite. Sandro

findet sofort die Werkzeugkiste, nimmt die Kombizange heraus, schnappt sich ein Stück Blumendraht und drückt endlich die Zigarette aus. Pfeifend macht er sich an die Arbeit.

Sandros Hände bewegen sich so flink, dass meine Augen kaum nachkommen. Er zwickt eine eckige Öffnung in die vordere Käfigwand. Dann drückt er mir die Zange in die Hand. Er zwinkert mir zu. Ich bin sein Assistent.
Sandro hantiert mit dem Blumendraht. Die Hasen sitzen still in einer Ecke, zusammengedrückt, die Nasen zittern.
„Ha!", ruft Sandro nach einer Weile und lacht sein Sandpapierlachen. Mit einem leichten Knarren öffnet er die kleine Tür, die er gebaut hat, und greift nach einem dünnen Bündel Heu vom abgedeckten Haufen neben dem Stall. Die Plastikplane knistert. Sandro steckt das Heu durch die Tür zu den Hasen hinein. Sofort stürzen sie sich darauf. Dabei haben sie gestern extra viel bekommen.
„*Stai bene, amico?*", fragt Sandro.
Ich nicke. Sandro hat mir eine Futterluke eingebaut. Und er ist mein *amico*. Mein Freund.
Ich lache und Sandro lacht auch.

Schwester Rosa hat Sandro entdeckt und drückt zuerst seine Hand und dann den Lichtschalter über dem Wäscheplatz. In der Neonröhre rührt sich nichts.
„Ich habe eine neue gekauft", erklärt Schwester Rosa, „aber wir wissen nicht, wie man sie einbaut."
„*Non c'è problema*", lächelt Sandro und geht zurück zum Schuppen. Wieder findet er alles, was er braucht. Wahrscheinlich ist das so mit Männern und Geräteschuppen. Richtige Männer suchen nicht. So wie bei Schwester Miki und der Tiefkühltruhe, wo alle Behälter gleich aussehen, egal ob Heidelbeeren drin sind oder Faschiertes. Und du hast keine Chance, etwas zu

finden, und sie schiebt dich seufzend zur Seite und hat mit einem Griff die richtige Dose.
„Schwester Miki, schalte bitte den Strom aus!“, ruft Schwester Rosa in den Gang hinein.
Sandro lehnt die lange Leiter gegen die Hauswand und klettert, den Schraubenzieher im Mund, bis zur letzten Sprosse hinauf. Schwester Rosa hält die Leiter unten fest. Mit genau zwei Fingern.
„Hovanes!“, ruft Sandro von oben. Er lässt langsam die Neonröhre herunter und ich nehme sie in die Hände, vorsichtig, damit sie nicht bricht. Gut, dass Sirup im Haus ist, nicht hier.
Sandro kommt herunter. Er stellt sich neben mich und sieht Schwester Rosa lächelnd an. Sie lächelt zurück, zwei Finger an der Leiter. Sandro zwinkert ihr zu.
„Oh!“, ruft Schwester Rosa. Farbe schießt ihr ins Gesicht. Sie rennt ins Haus. Sandro kichert vergnügt und lässt seine Hand schwer auf meine Schulter fallen.
Schwester Rosa kommt keuchend zurück, eine lange Kartonschachtel in der Hand.
„Ich hoffe, es ist die richtige“, sagt sie nervös. Sandro zwinkert mir zu, zieht die neue Neonröhre aus der Schachtel und klettert wieder hinauf. Dieses Mal halte *ich* die Leiter fest.
Mit beiden Händen.

„Eins, zwei, drei, schneller schneller schneller!“, ruft Tiko. Sie läuft am Stand – wirft die Beine weit nach hinten und rudert mit den Armen.
„So schnell bin ich gelaufen!“, keucht sie. „So schnell und über die Straße und schneller als alles!“ Außer Atem lässt Tiko sich gegen Eilis' Rollstuhl fallen. „Und dann habe ich die Polizei angerufen.“
„Die Schwestern haben den Notarzt gerufen“, verbessert Eilis.
Mein Kopf liegt schwer auf auf meinen Knien, die Kniescheiben drücken sich spitz gegen meine Stirn. Hätten sie ruhig die Polizei gerufen. Dann wäre ich jetzt im Gefängnis und müsste nicht hier sitzen, hier am Gang, sitzen und warten. Ich spanne meine Halsmuskeln an und die Adern schwellen an und drücken mir die Luft ab. Wenn ich nicht mehr atmen kann, vielleicht werde ich dann so blau wie Sirup. Vielleicht legen sie mich dann neben ihn.
„Und jetzt?“, fragt Tiko.
„Schnauze halten“, brummt Gaya. Sie schiebt Tiko zur Seite und baut sich vor mir auf.
„Heulen bringt nichts“, sagt Gaya.
Sie soll aufs Klo gehen und sich runterspülen.
Ich heule nicht. Ich krieg nur keine Luft.

KAPITEL 7

Ich hebe den Kopf und lausche.
Nichts.
Es muss ein Vogel gewesen sein oder so. Jetzt ist nichts mehr zu hören. Ich liebe diese Stille. Sie ist so selten wie Weihnachten in diesem Haus.
Tiko ist mit Schwester Rosa zum Bauern Milch holen gegangen. Eilis macht ihre Übungen mit Schwester Miki, und Gaya und Sirup wurden dazu verdonnert, ihre Schränke aufzuräumen. Das ist wahrscheinlich das Einzige, was die beiden gemeinsam haben: Sie können absolut keine Ordnung halten. Sirup, weil er alles viel zu schnell macht, und Gaya, weil es sie nicht interessiert.
„Heute nicht", sagt sie jedes Mal, wenn die Schwestern sie darauf hinweisen, dass ihre T-Shirts kreuz und quer liegen. Sie ist echt hart. Dreht sich einfach um und geht.

Ich widme mich wieder meinen Kartoffelkäfern. Oder besser gesagt dem, was von ihnen übrig ist.
Zuerst habe ich die Käfer eingesammelt und in ein großes Gurkenglas mit Wasser geworfen. Aber ich kann nicht zusehen, wie sie um ihr Leben schwimmen, bis ihnen die Kraft ausgeht. Jetzt zerquetsche ich sie. Großer Stein unten, kleiner Stein oben, Kartoffelkäfer in die Mitte, fertig. Schade um die sechs gesunden Beinchen. Aber was soll man machen.

Das Tor quietscht und hastige Schritte kommen den Gartenweg entlang.
„Langsam, Tiko!“, ruft Schwester Rosa. Aber Tiko hat keine Zeit zum Langsamsein. An ihrem Gesicht kann ich deutlich erkennen, dass sie eine wichtige Botschaft zu übermitteln hat. Die Augenbrauen finster zusammengezogen, stapft sie auf mich zu.
„Stell dir vor!“, stößt sie keuchend hervor. „Die blöde Kuh ist schwanger und jetzt können wir keine Milch mehr haben!“
Ich erinnere mich, dass der Bauer gesagt hat, er bekomme bald wieder ein Kalb.
„Und wie sollen wir jetzt bitteschön Pudding kochen?“, fragt Tiko vorwurfsvoll und stemmt die Arme in die Hüften.
Ich zucke mit den Schultern und zermalme einen Kartoffelkäfer, der sich auf meine Hand retten will. Im Geschäft gibt es Milch zu kaufen. Keiner aus meiner Klasse geht zum Bauern, wenn er Milch will. Jeder kauft das im Geschäft.

„Geh hinein und wasch dich, Tiko“, ruft Schwester Rosa, die leere Kanne in der Hand. „Und vergiss den Hals nicht!“
Tiko reibt sich den Nacken und untersucht dann gewissenhaft ihre Hände.
„Es macht aber gar keine schwarzen Wuseln, Schwester!“
„Marsch, keine Widerrede!“
„Und doch will ich Pudding“, sagt Tiko weinerlich und stapft davon.
„Hovanes, ich brauche Hilfe mit dem Kuchen“, wendet sich Schwester Rosa an mich.
Fünf kleine, gelbe Kartoffelkäferungeheuer krabbeln gemütlich über den großen Killerstein, als wollten sie mich provozieren.
„Hovanes! Ich habe dich um etwas gebeten!“
Gebeten. Genau.

Keine Ahnung, was heute los ist. Kuchen gibt's sonst nur am Wochenende. Und schlechte Laune auch nur, wenn Grund dazu ist. Heute ist aber ein stinknormaler Wochentag und niemand hat etwas angestellt. Im Gegenteil. Gaya hat ihr Sonntagskleid gebügelt und Sirup hat es tatsächlich geschafft, den Griff an seinem Schrank festzuschrauben, ohne dass etwas zu Bruch gegangen ist.
Vielleicht ist Schwester Rosa sauer wegen der Kuh.
Hektisch läuft sie durch das Haus und kommandiert wild herum.
„Hol die Porzellantassen und wisch sie mit einem feuchten Tuch aus!", bellt sie in vollem Lauf. „Aber nimm ein sauberes Tuch!"
Nimm ein sauberes Tuch. Was sonst? Das Tuch, mit dem wir den Boden wischen? Ich grinse schwachsinnig und klatsche in die Hände. Wenn sie einen Idioten will, dann soll sie einen haben.

Als ich bei der vorletzten Tasse bin, klingelt es.
„Das ist unser Besuch", sagt Schwester Rosa und gibt mir ihren Schlüsselbund. „Geh und mach auf. Ich helfe Schwester Miki noch in der Küche."
Mit großen Augen sieht Sirup Schwester Rosa hinterher. Ich klimpere mit dem Schlüsselbund und grinse ihn an. Ich habe die Schlüssel, ich habe die Macht. Selbstverständlich muss Sirup trotzdem der Erste am Tor sein. Wie ein Pinguin watschelt er vor mir her. Laufen kann er nicht. Er muss ja gelassen sein. Er muss so tun, als würde es ihm nichts ausmachen.

„Passt auf, das ist eine Hexe!", ruft eine dünne Stimme, als wir am Haselnussstrauch vorbeikommen.
„Tiko, bist du das?", fragt Sirup. „Versteckst du dich?"
„Nein", antwortet die Stimme. „Ich laufe weg."

Als ich mich umdrehe, sehe ich gerade noch, wie Tiko um die Ecke biegt. Sirup nützt den Moment und sprintet die letzten paar Meter zum Tor.
„Hovanes kommt schon und sperrt auf!", kräht er durch die Gitterstäbe.
Wie gut, dass er unseren Besuch darauf vorbereitet. Sonst glaubt der noch, ich will ihn mit dem großen Schlüsselbund erschlagen.
Vor dem Tor steht eine kleine, schlanke Frau mit pechschwarzen Locken, die ihr wild um den Kopf stehen. Irgendwie sieht sie wirklich aus wie eine Hexe.
Ich drehe den Schlüssel zwei Mal im Schloss. Wie ein Gefängniswärter, der in seinem eigenen Gefängnis eingesperrt ist. Die Schwestern sagen immer, wir sind eine Familie. Aber welche Familie hat schon ein eisernes Eingangstor mit einem riesigen Vorhängeschloss?
Ich würde gerne wissen, wovor die Schwestern mehr Angst haben: dass jemand von außen hereinkommt oder dass jemand von drinnen hinaus will.

„Kommen Sie, die Schwestern erwarten Sie schon", säuselt Sirup.
„Herzlichen Dank", lächelt die Hexe. Ihre Stimme ist überraschend warm. Sie gurgelt ein bisschen beim „r".
Sirup tanzt hin und her. Ich traue meinen Augen nicht. Macht der echt eine Verbeugung? Der spinnt doch!
Die Frau nickt, lächelt und stöckelt mit Sirup mit. Ich schließe missmutig das Tor und schlurfe hinterher.

Sirup führt sein Opfer direkt ins Wohnzimmer, wo Schwester Rosa sofort ihr strahlendstes Lächeln aufsetzt.
„Guten Tag", sagt die Hexe und streckt ihr die Hand entgegen. „Ana Kantor. Ich freue mich sehr, dass es geklappt hat."

Ich höre ein Rascheln und drehe mich um. Hinter dem Sofa lugt ein Zipfelchen blaugeblümter Stoff hervor. Hier steckt Tiko also. Da scheint die Neugier doch größer gewesen zu sein als die Angst. Sonst hätte sie sich im Klo eingesperrt. Ich winke. Augenblicklich verschwindet das Zipfelchen mit einem verärgerten „Pssst!“.

„Was winkst du denn herum?“, flüstert Schwester Miki, die eben mit dem Kuchentablett den Raum betritt.
„Mmmh, das duftet!“, ruft die Hexe erfreut.
Schwester Miki stellt das Tablett ab und schüttelt der Besucherin die Hand.
„Schwester Miki, freut mich sehr.“
„Die Freude ist ganz meinerseits.“
„Entschuldigen Sie mich einen Moment“, sagt Schwester Rosa. Sie geht vor die Tür und steckt zwei Finger in den Mund. Schrill hallt der Pfiff durchs Haus. Die Hexe glaubt jetzt sicher, dass die beiden Wachhunde angesprungen kommen. Aber stattdessen erscheinen Gaya und Eilis in der Tür. Mir bleibt der Mund offen. Gaya ist frisiert! Schwester Miki muss Stunden damit zugebracht haben, die bunten Spangen in Gayas Mähne zu stecken.
„Das sind sie, unsere Lieben“, meint Schwester Rosa zur Hexe, während sie ihr einen Stuhl anbietet. „Nur unsere Jüngste fehlt noch.“
„Wo steckt sie nur?“, fragt Schwester Miki verwundert.
„Tiiikoooo!“, ruft Schwester Rosa. „Wo bist du?“
„Ich bin am Klo!“, ruft Tiko aus ihrem Versteck. Die Hexe reißt den Kopf herum. Schwester Miki schlägt sich die Hand vor den Mund. Sie kichert.
„Kannst du bitte kommen, wenn du fertig bist?“, fragt Schwester Rosa wesentlich leiser.
„Ja, gerne!“, antwortet Tiko.

Schwester Rosa setzt sich ebenfalls und schaut demonstrativ zum Fenster hinaus. Auf allen Vieren kriecht Tiko hinter dem Sofa hervor und zur Tür hinaus. Kurz darauf klopft es.
„Herein“, sagt Schwester Rosa.
Tiko kommt schüchtern herein, macht einen großen Bogen um den Stuhl der Hexe und legt den Kopf auf Schwester Mikis Schulter. Schwester Miki zupft ihr die Staubflanken aus dem Kleid.
„Bitte, nehmen Sie sich doch“, sagt Schwester Rosa und deutet auf den Kuchenteller. Die Hexe greift lächelnd zu.
Wir hätten Lebkuchen backen sollen.

Jetzt geht es los.
Die Schwestern stellen Fragen, die Hexe antwortet.
Die Hexe stellt Fragen, die Schwestern antworten.
Wir sitzen da und essen Kuchen. Es ist zum Sterben langweilig.
Die Hexe arbeitet für eine Zeitschrift.
„Eigentlich arbeiten bei dem Blatt alle für mich“, lacht sie. „Ich bin die Chefredakteurin.“
Angeberin.
„Gehst du schon in die Schule, Tiko?“, fragt die Hexe.
Tiko schüttelt den Kopf. „Noch nicht“, sagt sie.
„Was spielst du am liebsten?“, fragt die Hexe weiter.
„Prinzessin“, antwortet Tiko bereitwillig. „Aber ich spiele nicht. Ich übe.“
Wahrscheinlich schreibt sie, wie arm wir sind. Ohne Eltern und alles.

Die Hexe stellt den Rekord im Kuchenlangsamessen auf. Mit all den Fragen dazwischen hat sie ja auch kaum Zeit zu kauen. Als sie endlich fertig ist, dürfen wir aufstehen.
Ich verziehe mich in den Garten. Von Weitem sehe ich einen Spatz an meiner größten Sonnenblume hängen. Heftig mit den

Flügeln schlagend, pickt er die Kerne heraus. Ich zische laut. Der freche Kerl verschwindet kurz im Gras, schnellt aber gleich wieder hoch, um sich mit ein bisschen Wegzehrung zu versorgen. Na warte, du ...
Ich stülpe kleine Plastiksäckchen über die Köpfe der Sonnenblumen und wickle einen dünnen Faden herum, so lange, bis er von selbst hält. Es soll noch ein bisschen Luft hineinkommen, aber die Kerne sollen weder herausfallen noch für Vögel erreichbar sein.
Es dauert ganz schön lange, alle Blumen zu versorgen. Ein paar lassen die Köpfe schon zu Boden hängen, so schwer sind sie mit Kernen beladen. In ein paar Tagen können wir ernten.
Bei der vorletzten Blume springt Tiko auf mich zu.
„Du sollst reinkommen“, keucht sie und ist schon wieder verschwunden.
Ich stülpe der letzten Blume ihren Hut über. Dann gehe ich gemütlich hinein. Es hat ja niemand gesagt, wann genau ich kommen soll.

Im Wohnzimmer warten schon alle, aufgereiht wie die Orgelpfeifen, angefangen von Tiko über Eilis und Gaya bis hin zu Sirup. Ich stelle mich hinter Eilis, die Hände fest an den Rollstuhlgriffen. Niemand bringt mich in eine Stirnreihe.
Die Hexe hat die Hände in den Hosentaschen vergraben und wippt auf den Fußballen hin und her.
„Also – ich möchte mich gerne für den Besuch bei euch bedanken“, sagt sie unsicher. „Und ich würde mich sehr freuen, wenn ich wieder einmal kommen darf.“
„Jederzeit“, nickt Eilis.
Mit einem großen Lächeln beugt sich die Hexe zu ihr hinab und umarmt sie. Dann gibt sie jedem von uns die Hand. Tiko bekommt einen Kuss auf die Wange. Gut, dass wir nur fünf sind. Da ist die Schmuserei bald vorbei.

Wir begleiten die Hexe zum Tor. Alle stehen wir am Zaun und sehen zu, wie sie wegfährt.
Schwester Rosa schließt das Tor.
Endlich.
Gemeinsam gehen wir zurück zum Haus. Kaum ist sie im Wohnzimmer, stellt Schwester Rosa auch schon die Porzellantassen auf ein Tablett. Eilis liest Kuchenkrümel von den Stühlen auf. Schwester Miki stellt die entkrümelten Sitzmöbel zurück, Tiko versorgt ihre Babypuppe und Sirup kratzt sich am Kinn. Alle wissen sie, was zu tun ist. Nur ich stehe irgendwie dazwischen.

Gaya geht den Gang auf und ab, immer hin und her, von Schwester Rosas Bürotür bis zur Waschküche und wieder zurück. Sie macht mich verrückt. Ich will ihr sagen, sie soll aufhören, sie soll sich hinsetzen oder verschwinden, aber immer, wenn ich Anlauf nehme, ist sie schon wieder vorbei. Sie bewegt sich wie ein Tier. Unruhig und lauernd. Sie sieht gefährlich aus.
Dir Tür zum Bubenzimmer geht auf. Schwester Rosa tritt heraus und läuft genau in Gaya hinein.
„Was soll denn das?“, ruft sie genervt. Ich kneife die Augen zusammen. Gaya wird ihr ins Gesicht springen. Sie wird kratzen und beißen und spucken. Wie eine wilde Katze.
Aber Gaya sieht Schwester Rosa ruhig ins Gesicht. Dann dreht sie sich um und geht in die andere Richtung weiter, im selben Tempo, ihr Blick konzentriert auf etwas, das ich nicht sehe.
Es ist unheimlich. Nichts ist mehr so, wie es war.

KAPITEL 8

Vielleicht haben sie darüber gesprochen, aber ich glaube, Sandro spürt einfach, dass die Schwestern nicht auf Rauchen stehen. Sie sagen, das hat einen schlechten Einfluss auf unsere Erziehung.

Sandro geht hinters Haus, hockt sich auf den schmalen Gehweg zwischen Hausmauer und Mauerzaun und zündet sich eine Zigarette an. Die Flamme seines Streichholzes muss er mit der Hand gegen den Wind schützen. Genussvoll nimmt er einen Zug und bläst mit geschlossenen Augen den Rauch aus. Das abgebrannte Streichholz schnippt er weg. Es rollt in einen dünnen Spalt im Beton. Ich kratze es heraus und zwirble es zwischen den Fingern. Ansonsten warte ich. Sandro raucht und ich zwirble und wir sitzen da und es ist still und das ist gut so. Die Zigarette verschwindet bis auf einen kurzen gelben Stummel und Sandro drückt den letzten Rest glimmenden Tabak auf den Beton vor ihm. Er steckt den Stummel in die Hosentasche. Sandro muss ganz schönen Respekt vor den Schwestern haben. Den Stummel würde wahrscheinlich gar niemand bemerken. Hier kommt nie jemand her, nur Sirup, wenn er Runden laufen muss.

Jetzt ist der richtige Augenblick gekommen. Ich lasse das Streichholz fallen, tippe Sandro auf die Schulter und lege den Zeigefinger auf meinen Mund. Wir müssen leise sein. Und sehr vorsichtig.

Sandro nickt. Er steht auf und folgt mir, die Hauswand entlang, auf den Müllplatz hinaus und gebückt die paar Meter zum Tor. Das Vorhängeschloss ist offen. Niemand sieht uns.

Immer, wenn ich im Wald bin, frage ich mich, wer sich das ausgedacht hat. Die Bäume stehen kreisrund mitten zwischen den Feldern, dicht gedrängt, wie Schafe auf der Weide, wenn sie sich aneinanderpressen, kaum Platz zwischen ihnen. Es sind alles Linden. Die hellen Stämme leuchten und die Blätter glänzen in der Sonne.

Es ist ein Wunder, dass überhaupt Licht in den Wald kommt, so dicht wie die Bäume stehen. Aber das macht der Wind. Er lässt die Blätter nach rechts tanzen und nach links und auf und ab, hält sie ständig in Bewegung. Die Sonnenstrahlen springen in die Zwischenräume. Es ist wie ein Spiel. Wer es schafft, den Boden zu berühren, hat gewonnen.

In der Mitte des Waldes steht ein Apfelbaum. Mitten zwischen all den Linden, einfach so. Am liebsten sitze ich auf dem untersten Ast, den Rücken gegen den Stamm gelehnt. Wenn es geregnet hat, drücke ich das Gesicht gegen das feuchte Moos. Das ist wie ein Kuss. Nur angenehmer.

Heute ist das Moospolster ganz trocken. Sandro ist der Erste, den ich hierher mitnehme. Nicht einmal Lucine habe ich meinen Baum gezeigt. Das ist ein Männerort. Deswegen kann auch Sirup nicht hierherkommen. Sirup ist noch lange kein Mann.

Sandro schwingt sich neben mich auf den Ast. Er muss gar nicht klettern. Er schaut durch die Baumkrone hinauf in den Himmel und nickt. Er klopft mir auf die Schulter und zündet sich noch eine Zigarette an. Die Sonnenstrahlen spielen auf seinem Gesicht und ich schließe die Augen. Die Blätter rauschen leise. Ich atme mich in ihren Rhythmus hinein.

„*Andiamo?*“, fragt Sandro nach einiger Zeit. Er deutet auf seine Uhr.

Ich nicke und lasse mich vorsichtig ins Gras hinab. Meine Beine kribbeln. Ich brauche einen Moment, bis ich den ersten Schritt machen kann. Sandro wartet auf mich.

Das Tor ist immer noch offen. Niemand hat etwas gemerkt. Wir schleichen denselben Weg zurück zum Wäscheplatz, zwischen Hausmauer und Mauerzaun. Schwester Rosa schießt ums Eck wie Sirup an seinen schlimmsten Tagen.
„Da seid ihr ja!“, ruft sie anklagend. „Wir haben euch überall gesucht! – Sandro, darf ich Ihnen etwas anbieten? Kaffee, Tee, Saft?“
„*Un caffè, per favore*“, lächelt Sandro. „*Un espresso.*“

KAPITEL 9

„Schwester!“, brüllt Sirup. „Ich brauche mehr Papier!“

„Immer mit der Ruhe“, beruhigt ihn Schwester Miki und legt ein Blatt grobes Papier zwischen die Farbtöpfchen, die Pinsel und die Malbecher.

„Schau, das ist Aquarellpapier. Da kommt dein Kunstwerk besonders schön zur Geltung“, sagt sie verheißungsvoll. Auf Zehenspitzen schleicht sie aus dem Bubenzimmer und schließt die Tür.

Das ist nicht fair. Nur weil es regnet, müssen wir malen.

Neben mir bearbeitet Tiko einen Batzen Salzteig wie Schwester Miki ihren Sonntagswecken. Sie knetet die Teigkugel mit beiden Händen in der Luft und lässt sie dann mit voller Wucht auf die Tischplatte knallen.

„He, spinnst du?“, schreit Sirup und fuchtelt wild mit dem Pinsel. „Wenn du schon hier sein willst, dann benimm dich ordentlich!“ Von der blutroten Rose vor ihm zieht sich ein fetter Pinselstrich quer über das ganze Blatt. Verzweifelt versucht er, den Patzen mit seinem Maltuch zu beseitigen. Tiko sieht ihm seelenruhig zu und schleckt sich mit der Zunge genüsslich über die Handflächen.

„Hör endlich auf, am Tisch zu rütteln, du zerstörst alles!“, keift Sirup. „Bäcker spielen kannst du am Boden auch.“

„Ich spiele nicht“, sagt Tiko beleidigt. „Und überhaupt mache ich eine Schildkröte.“

Als Beweis dafür beginnt sie, aus der Hälfte des Salzteigs eine Kugel zu formen. Sirup beachtet sie gar nicht. Die Zunge zwischen den Lippen, entwirft er ein kompliziertes Ornament für die Blumenvase auf seinem Bild. Man würde gar nicht glauben, dass das tatsächlich Sirup ist, der da sitzt. Wie schafft er es bloß, die Finger so ruhig zu halten? So lange still zu sitzen? Warum fällt ihm immer etwas ein?

Seufzend tauche ich den fetten Pinsel in den Malbecher. Ich versuche es mit Blau. Was soll man schon anderes malen außer Wasser, bei dem Wetter. Ich möchte so gerne etwas Schönes für Lucine malen. Vielleicht wird es eine Flusslandschaft. Keine Ahnung.
Es würde wahrscheinlich helfen, wenn meine Finger ausnahmsweise einmal tun würden, was ich ihnen sage. Oder wenn ich wenigstens schon eine Flusslandschaft fertig im Kopf hätte. Dann bräuchte ich sie nur noch aufs Papier bringen.
Aber in meinem Kopf tut sich nicht viel.
Und draußen regnet es.
Hoffentlich überleben die Tomaten das Unwetter. Sie mögen keinen Regen. Nächstes Jahr setze ich sie nicht mehr mitten ins Gemüsebeet. Da pflanze ich sie in große Plastikkanister. Kübelpflanzen kann man unters Vordach stellen, wenn es wettert. So wie den Kaninchenstall.
Ich hoffe, es macht ihnen nichts aus, in Kübel eingesperrt zu werden. Das muss so sein, wie im Rollstuhl zu sitzen. Wie bei Eilis. Eigentlich kann sie überall hin, wohin sie will. Und doch sitzt sie immer, immer im Rollstuhl. Nie kann sie wirklich selbst bestimmen, wohin es geht. Oder wie schnell.
Ich kann mich frei bewegen, ich kann gehen, wohin ich will.
So sieht es zumindest aus.
In Wirklichkeit bin ich im Bubenzimmer eingesperrt. Sobald ich hinausgehe, fängt mich Schwester Miki ab. Dann kann ich

aufs Klo oder ins Wohnzimmer. Manchmal schleiche ich mich zum Wald. Aber weiter weg kann ich nicht. Sie fangen mich einfach wieder ein.
Eigentlich geht es mir genau so wie Eilis.
Kübelpflanzen.

Ich durchfurche die blaue Farbe mit dem Pinsel und streiche das Blatt dick an. Wenn Schwester Miki ein leeres Blatt Papier sieht, gibt sie mir womöglich ein Mandala. Oder Schlimmeres.
Der Regen wird schon irgendwann aufhören, dann kann ich wieder nach draußen.
Hoffentlich ist der Wind nicht zu stark.
Sonst werden die Kaninchen nass.

ANA

Mit krummem Rücken sitzt Ana im Bürosessel und starrt auf den Bildschirm vor sich.
Tiko ist ein ganz normales Mädchen, tippt Ana.
„Aber das ist doch Blödsinn", ruft sie plötzlich. „Wenn sie ein ganz normales Kind wäre, hätten sie ihre Eltern vielleicht nicht weggegeben. Dann müsste sie nicht in eine Integrationsklasse, wenn sie im Herbst in die Schule kommt."
Ana nippt von ihrem Kaffee. Dann tippt sie weiter.

Wer Tiko in die Augen sieht, bemerkt es gleich, schreibt sie. *Die Sechsjährige weiß, was sie will. Ein Krönchen auf dem Kopf und ein Zepter in der Hand, zeigt sie mir selbstbewusst den Weg zum Tor von „Betlehem". Es handelt sich dabei um keinen Stall und ich musste auch nicht bis nach Israel reisen – „Betlehem" ist ein besonderes Zuhause für besondere Kinder.*
Mit großer Vorsicht erklimmt Tiko die drei Stufen zur weiß gestrichenen Haustür. So lebendig sie sonst auch ist – Höhenunterschiede bewältigt Tiko nur unter großer Anstrengung.
„Das ist ganz typisch für Kinder mit Trisomie 21", erklärt uns Schwester Rosa, Leiterin des Waisenheims, in dem momentan fünf Buben und Mädchen von zwei Ordensschwestern betreut werden. Die Kinder haben den Großteil ihres Lebens hier verbracht. Sie alle haben besondere Bedürfnisse.

„Blablabla“, murmelt Ana. „Wen interessiert das?“ Sie stößt sich mit beiden Beinen vom Boden ab und ihr Drehsessel wirbelt drei Mal im Kreis herum.
„Das ist viel schwieriger, als ich dachte“, seufzt Ana. „Was heißt denn schon Behinderung? Warum ist Tiko behindert, wenn sie sprechen, laufen, essen und spielen kann wie jedes andere Kind?“
Kann sie das denn wirklich? Ana trommelt mit dem Kuli auf die Schreibtischplatte. Sie nimmt einen großen Schluck aus der dampfenden Tasse.
Dann markiert sie alles, was sie geschrieben hat, und löscht es.

KAPITEL 10

Sorgfältig bürste ich mir die Gartenerde von den Schuhen. Die Sonne warm im Rücken, betrete ich das Haus – und bin blind. Vorsichtig taste ich mich an der Wand entlang, zu den Garderobenhaken und von da aus weiter, in den Gang, bis die bunten Punkte verschwinden, die über den Boden flimmern. Da pralle ich plötzlich gegen Gaya.

„Oh-oh", sagt Gaya in ihrem leichten Singsang. „Oh lala!"

Sie steht mitten im Weg, die Arme in die Seiten gestützt. Hinter ihr werkt Tiko. Sie hat einen Bleistift in der Hand und die Zungenspitze zwischen den Lippen. Mit konzentrierten Bewegungen zieht sie Linien rund um die Steckdose neben der Kellertür. Dann steigt sie einen Schritt zurück und begutachtet zufrieden ihr Werk.

„Da drin bin ich schon fertig!", verkündet sie und zeigt auf das Mädchenzimmer. Zu dritt stehen wir in der Tür und schauen auf das riesige Strichmännchen neben Tikos Bett. Auf die seltsamen Zeichen rund um den Teppich. Auf die Kreise und Kringel an den Bettbeinen. Tiko kniet nieder und vervollständigt die Haare in der Knollennase des Strichmännchens.

„Tiko!", ruft Schwester Rosa plötzlich hinter uns. Sofort kommt Sirup um die Ecke gebraust und steckt den Kopf neugierig zwischen uns durch.

Grob nimmt Schwester Rosa Tiko am Arm und stellt sie auf die Beine.

„Was soll denn das?“, fragt sie streng.
„Das sind Zauberformeln“, sagt Tiko und windet sich aus dem harten Griff. „Mit Magie, gegen Hexen.“
„Wofür brauchst du das?“ Schwester Rosa steht da, entsetzt und ein wenig hilflos.
„Zum Schützen“, sagt Tiko bestimmt. Trotzig schiebt sie die Unterlippe vor.
„Du hast ja einen Schuss“, sagt Sirup und tippt sich an die Stirn.
„Einen Hexenschuss“, grinst Gaya.

Sie dreht mir den Rücken zu und ich höre das grausame Knarren der Türklinke, noch bevor sie die Hand hebt. Der Mantel ist gelb und der Koffer ist eckig und ich habe Angst, dass ich ihr Gesicht vergesse. Als sie durch die Tür tritt, verblassen alle Farben. Ich werde geblendet und sehe nur noch ihre Silhouette, die Umrisse der krausen Locken, die ihr wild vom Kopf abstehen. Ich sehe keine Farben. Aber ich weiß, dass die Locken rot sind.
Ich möchte ihr hinterherlaufen und mich ihr in den Weg stellen. Sie soll mich ansehen.
Wenn sie mich sieht, bleibt sie hier.
Ich möchte ihr nachlaufen, aber ich spüre meine Beine nicht. Vielleicht habe ich überhaupt keine Beine. Die Angst schnürt mir die Luft ab. Ich öffne den Mund und es kommt kein Ton. Mein Schluchzen ist so trocken, dass es im Hals weh tut.

Mit einem warmen, salzigen Geschmack im Mund wache ich auf. Der Mond scheint ins Zimmer und leuchtet auf Sirups Bettdecke, die sich sanft hebt und senkt. Mein Hals brennt und ich bin durstig. Im Wohnzimmer steht sicher noch eine Flasche

Wasser vom Abendessen. Ich schlüpfe in meine Hausschuhe und schleiche mich aus dem Zimmer.

Der Mond scheint so hell, dass er mich fast blendet. Ich könnte die ganze Flasche austrinken, aber ich trinke nur ein halbes Glas, damit ich später nicht noch einmal aufwache. Auf dem Gang ist kein Fenster und ich muss mich an der Wand entlangtasten. Gut, dass die Steckdosen knapp über dem Boden sind. Ich höre ein Wimmern. Es klingt wie eine Katze oder die Schwestern beim Beten, aber es kommt aus dem Mädchenzimmer. Wir sollen nicht ins Zimmer der Mädchen gehen, nicht ohne vorher anzuklopfen, nicht in der Nacht. Aber es sieht mich niemand. Und wenn ich klopfe, wecke ich Tiko.
Vorsichtig drücke ich die Türschnalle hinunter. Meine Hand rutscht aus und die Schnalle schnappt zurück. Langsam schwingt die Tür auf. Eine Schattenfigur lehnt im Monddunkel auf Eilis' Bett. Sie hat große, glänzende Augen. Ich tapse näher und knie mich auf den kleinen Teppich. Ich weiß nicht, ob es richtig ist, aber ich nehme Eilis' Hand. Eine Träne fällt auf meinen Arm, unangenehm nass.
„Es war wieder der Autounfall", flüstert Eilis nach einer Weile. Sie schnieft und fährt sich mit der zweiten Hand über die Stirn. „Ich höre das Quietschen und das Klirren und dann Papas Schrei."
Ich will das nicht hören, aber ich bleibe sitzen. Mein Bein schläft ein und meine Knie knarzen und ich höre weiter zu.
„Mama hat keinen Mucks gemacht. Keinen Mucks", schluchzt Eilis. „Das ist noch viel schlimmer. Das sitzt in meinem Kopf fest."
Ich taste nach ihrem Gesicht und lege die Finger an ihre Ohrmuschel. Ich zwicke sie ein bisschen und dann ziehe und ziehe und ziehe ich, wie an einer langen Schnur, und ich ziehe all die bösen Gedanken aus ihrem Kopf heraus. Wie mit einer

schweren Last in den Händen humple ich aus dem Zimmer, hinüber zum Klo. Ich werfe Eilis' Sorgen ins Klo und drücke die Spülung. Aus dem Mädchenzimmer höre ich ein leises Glucksen. Eilis gluckst immer, wenn sie lacht.
Ich schließe die Tür und gehe zurück in mein Bett.

ANA

„Ja, bitte?“
„Hallo? Spreche ich mit Schwester Rosa vom Betlehem-Haus?“ Ana streicht sich nervös die Haare aus der Stirn.
„Ja, hier ist Schwester Rosa“, sagt die Stimme am anderen Ende der Leitung. „Wer spricht?“
„Oh – Entschuldigung“, sagt Ana hastig. „Hier spricht Ana Kantor, von der ‚Frau im Bild‘. Sie erinnern sich wahrscheinlich an mich – ich habe sie besucht ...“
„Frau Kantor ... Ja, ich erinnere mich. Was kann ich für Sie tun?“
„Naja, ich ...“ Ana flucht innerlich. Sie wollte das Gespräch schnell, selbstbewusst und professionell abwickeln. Und jetzt stottert sie herum wie ein Schulmädchen bei der Stundenwiederholung. „Ich rufe wegen des Artikels an, den ich über ‚Betlehem‘ schreiben wollte“, fährt sie fort. „Ich hatte da eine Idee, die ich mit Ihnen besprechen wollte.“
„Ja?“
„Ich würde gerne ...“ Ana holt tief Luft. „Wäre es möglich, dass ich Tiko für ein Wochenende zu mir nach Hause einlade?“
„Wie bitte?“ Schwester Rosa klingt nicht sehr erfreut. Anas Herz klopft schneller.
„Es ist nur so – beim Schreiben bin ich draufgekommen, dass ich einfach nicht nachvollziehen kann, wie es ist, sich um ein behindertes Kind zu kümmern. Was das für eine Familie

bedeutet. Das wollte ich gerne ausprobieren. Damit ich es dann besser erklären kann in meinem Artikel."

„Frau Kantor, Tiko ist ein sensibles Kind mit besonderen Bedürfnissen, kein Studienobjekt. Ich weiß nicht, ob Sie sich im Klaren darüber sind, was so ein Experiment bei Tiko auslösen könnte."

„Auslösen?", fragt Ana verwirrt.

„Tiko ist sehr anhänglich", erklärt Schwester Rosa. „Wenn Sie sie für ein Wochenende zu sich nach Hause einladen, könnte es sein, dass Tiko gleich bei Ihnen einziehen will."

„Einziehen?" Ana reibt sich mit dem Zeigefinger die Unterlippe.

„Frau Kantor? Sind Sie noch da?"

„Ja, natürlich, ich bin am Apparat", sagt Ana schnell. „Ich weiß nur nicht ..."

„Darf ich Sie noch einmal zu uns einladen, Frau Kantor?", fragt Schwester Rosa. „Ich denke, es gibt noch einiges, das wir besser bei einer Tasse Tee besprechen."

Erst als Ana auflegt und das Handy in die Handtasche steckt, merkt sie, dass ihre Hände zittern.

Urplötzlich dröhnt die Musik los. Ich fahre hoch aus meinem Tagtraum und mein Hinterkopf knallt mit voller Wucht gegen die Wand. Vor Schmerz stöhne ich auf. Wütend drehe ich mich um, zur Wohnzimmertür. Mein Herz klopft wie verrückt. Die Tür des Bubenzimmers geht auf und Schwester Miki stürmt auf den Gang, den Hals lang gereckt, das Gesicht verzerrt.

„Was soll das?“, ruft sie aufgebracht. „Tiko! Schalte das sofort wieder ab!“

„Aber das ist Abba!“, schreit Tiko über die Musik hinweg.

Mit zwei Schritten ist Schwester Miki bei der Anlage und zieht den Stecker.

„Was fällt dir ein?“, fährt sie Tiko an.

„Das ist aber Abba“, sagt Tiko weinerlich.

„Und weiter?“, fragt Schwester Miki genervt. „Das ist noch lange kein Grund …“

„Das ist Sirups Lieblings-CD“, flüstert Tiko. „Ich dachte, wenn er die Musik hört, freut er sich und dann wacht er wieder auf. Sonst kommt er noch zu spät zum Abendessen.“

Schwester Miki macht einen Schritt zurück, richtet sich auf. Ihre Hände umklammern die Seitennaht ihres Habits. Es ist totenstill am Gang und in den Zimmern.

„In Ordnung Mäuschen“, sagt Schwester Miki schließlich. Sie dreht den Lautstärkeregler hinunter und steckt die Anlage wieder ein. „Nur bitte etwas leiser. Ich bin sicher, Sirup hört es auch so.“

KAPITEL 11

„Hoi, Hovo!“, ruft Lucine und ich höre das Lächeln in ihrer Stimme. Sie war schon lange nicht mehr da. Ich hebe die gute Hand, den Bindfaden um den Finger gewickelt. Die andere Hand hält die Tomatenstaude fest. Lucine winkt. Sie hat die Haare zu einem Knoten hochgebunden. Ihr Rock wippt beim Gehen. Unter dem Fenster neben der Haustür bleibt sie kurz stehen. Ein Windstoß zerzaust ihre Stirnfransen. Sie stellt sich auf die Zehenspitzen, schaut durch die bräunliche Glasscheibe in die Kapelle hinein und macht ein Kreuzzeichen.

Ich wickle das Ende des Bindfadens um die Spitze des längsten Tomatenzweiges. Schwester Miki hat gesagt, sie hilft mir. Aber ich brauche keine Hilfe. Das geht auch ohne Knoten.
Ich muss alle langen Zweige an einem Stab anbinden. Der Stab steckt ganz fest in der Erde. Er gibt der Staude Halt, denn wenn die Tomaten reif werden, werden sie schwer und ziehen den Zweig zu Boden und am Ende knickt er und stirbt.
Gut, dass Lucine genau jetzt gekommen ist. Sie mag es, wenn sie mir bei der Arbeit zusehen kann. Das ist beruhigend, hat sie gesagt.
Der Bindfaden rutscht vom Bambusstab und der Zweig mit den kleinen, grünen Babytomaten schnellt nach unten. Vielleicht kann Lucine doch einen festen Knoten machen. Einen, der nicht mehr aufgeht. Das macht sie sicher gerne.

Mein Rücken knarzt, als ich mich aufrichte. Lucine steht nicht mehr am Fenster. Bei den Kaninchen und am Wäscheplatz ist sie auch nicht.

Es raschelt. Mit einem Riesensatz springt Sirup über die niedrige Hecke auf den Weg heraus. Sein Bein bleibt hängen und er bricht einen ganzen Zweig ab. Hinter der Hecke taucht Lucine auf. Wahrscheinlich ist sie auf der Bank vor der Mariengrotte gesessen. Wahrscheinlich mit Sirup. Der hat ja nichts Besseres zu tun, als herumzusitzen und Sträucher zu zerstören.

„Toller Sprung", sagt Lucine. „Nur ein bisschen kurz – räum das lieber auf, bevor es jemand sieht." Sie schaut kurz zu mir herüber und zwinkert.

Ich bin da. *Ich* sehe den Zweig, wie er auf dem Kiesweg liegt, grün und ausgefranst, wo ihn Sirup abgedreht hat. Aber anscheinend zähle ich nicht.

Sirup hebt den Zweig auf und versucht, ihn über die Grotte und den Mauerzaun hinaus auf die Straße zu werfen. Der Wind hält den Zweig einen winzigen Moment lang in der Luft, dann weht er ihn zurück, genau vor Sirups Füße.

Sirup hebt ihn wieder auf, rudert rückwärts mit den Armen und lässt schließlich den Zweig los. Wieder fliegt er weg, prallt gegen eine unsichtbare Mauer und landet neben Sirup auf dem Weg. Sirup versucht es noch einmal, aber der Wind ist zu stark, der Zweig zu leicht und Sirup zu blöd. Lucine lacht übermütig.

Sirup steht da, mit schlaffen Schultern, die Arme hängen ihm fast bis zu den Knien hinunter.

Lucine kommt um die Hecke herum, nimmt den Zweig und schiebt ihn unter die Sträucher hinein, zwischen die Blätter, wo ihn niemand sieht. Die beiden lächeln sich an.

Mir wird schlecht. Wie er sich einschleimt. Und ich stehe da, im Wind, in der Hitze, und rackere mich ab und niemand sieht

es, weil ich nicht ständig etwas kaputt mache, so wie Sirup. Die können mir alle gestohlen bleiben. Alle.
Ich lasse die blöden Tomaten, ziehe die Gummihandschuhe über und suche den Unkraut-Eimer. Ich will jetzt rupfen und reißen. Der Bindfaden schwebt im Wind davon.

„Hovanes, Sirup!“, trompetet Schwester Rosa vom Wäscheplatz her, die Hände zu einem Trichter um den Mund gelegt. „Kommt rein, vor dem Abendessen wird geduscht!“
Sirup springt auf und stürzt ins Haus. Als hätte Schwester Rosa gesagt: „Meine Lieben, ich bitte euch, wäre jemand so lieb, den Schokoladenkuchen zu kosten? Ich bin nicht sicher, ob er süß genug ist.“ Schwester Rosa redet mit uns wie mit Hunden und Sirup hechelt und wedelt mit dem Schwanz.
Lucine lacht. Sie winkt Schwester Rosa mit beiden Händen zu und dreht sich um, zum Gehen. Ich lasse die Gummihandschuhe in den Eimer fallen und stelle mich ihr in den Weg.
„Mach's gut, Hovo“, sagt Lucine. Sie geht einfach weiter, verschwindet um die Ecke. Dann quietscht das Tor.

Ich klopfe die Schuhe ab und stelle sie ordentlich neben die Tür.
„Hast du die Hasen gefüttert?“, ruft Schwester Rosa herüber. Ich stelle mich taub, damit ich nicht wütend werde. Schwester Rosa verträgt es nicht, wenn ich auszucke. Und ich vertrage ihr Gesicht gerade nicht. Ich will meine Ruhe.
Als ich die Türklinke zu unserem Zimmer niederdrücke, sehe ich die grauen Ränder unter meinen Fingernägeln. Keine Ahnung, woher die kommen, wo ich doch extra Handschuhe anhatte. Die Tür wird von innen aufgerissen und Sirup stürmt an mir vorbei.

„Erster!“, ruft er freudenstrahlend. Er stolpert über seine eigenen Füße und fängt sich erst an der Badezimmertür wieder. Für Sirup ist alles ein Rennen, vom Toraufmachen bis zum Zähneputzen.
Auf unseren Betten liegen frische Handtücher. Sie sind ganz steif und riechen nach Lavendel. Sirup hat seines liegen lassen. Das ist typisch. Wenn ich „Duschen“ denke, dann denke ich: „Wasser, Seife, Handtuch, frische Unterwäsche, Wattestäbchen.“ Wenn Sirup „Duschen“ denkt, dann denkt er: „Schnell.“ Und dann steht er im Bad, tropfnass, und schreit: „Hovo, kannst du mir mein Handtuch bringen?“
Gleich schreit er. Ich weiß es genau. Aber der soll selber schauen, wie er zu seinem Handtuch kommt. Der soll einmal etwas dazulernen.

Ich nehme mein Handtuch und eine frische Unterhose aus dem Schrank und gehe in Richtung Bad. Die Tür zum Mädchenzimmer steht einen Spalt breit offen. Tiko sitzt auf ihrem Bett, Schwester Miki frottiert ihr die Haare.
„Schau mal!“, ruft Tiko mir zu und reißt sich das Handtuch vom Kopf. „Ich hab jetzt schwarze Haare!“
Die dunklen, nassen Strähnen hängen ihr wirr ins Gesicht.
„Warte nur ab“, lacht Schwester Miki. „In Nullkommanichts föhnen wir sie dir wieder blond!“

Sirup hat nicht abgesperrt, obwohl wir dürfen. Nur Tiko darf nicht. Wenn Tiko duscht, steckt Schwester Miki den Schlüssel in die Schürzentasche. Ich höre kein Wasserrauschen aus dem Badezimmer, keine Tropfen gegen die Duschwand prasseln. Also drücke ich die Tür auf. Sirup steht da, mit dem Rücken zur Tür, nackt. Er bohrt mit einem Finger in seinem Ohr und schüttelt den Kopf. Der Boden rund um ihn ist überflutet. Ich nehme das Wischtuch vom Regal unter dem Waschbecken und halte es Sirup hin. Sirup grinst, nimmt mir das Tuch aus der Hand und reibt sich damit die Achselhöhlen trocken. Mir bleibt der Mund offen. Sirup wischt sich den Bauch ab, die Arme, die Schultern, die Beine.

Ich spüre Ekel. Ekel und Wut.

Warum tut er das? Warum kann er nicht ein Mal etwas normal machen, so wie es sich gehört? Warum kann er nicht einfach sein Handtuch vom Bett und mit in die Dusche nehmen? Wer auf dieser Welt trocknet sich mit dem Bodenwischtuch ab? Wer außer Sirup?

Zitternd reiße ich am Wischtuch. Aber Sirup lässt nicht los. Er steigt mit dem Fuß auf das Tuch und stößt mich mit den Händen zurück.

„Was ist los mit dir?", ruft er. „Warum müssen immer alle nach deiner Pfeife tanzen? Du hältst dich für den Klügsten und Besten und Tollsten und wir sollen alle so werden wie du!"

Wütend blitzt Sirup mich an. Seine Knöchel leuchten fast, so weiß sitzen sie auf den geballten Fäusten. Mit einem Fuß auf den Fliesen und dem anderen auf dem Wischtuch starrt er mich an, den Kopf nach vorne gereckt, den Hals ganz steif.

Ich stehe plötzlich da, die Hände in den Hosentaschen, und habe die Schultern hochgezogen. Aber ich habe keine Angst, weil ich weiß, dass er mir in Wirklichkeit nie etwas tun würde. Weil ich der Ältere bin. Weil ich in Wahrheit Recht habe. Man trocknet sich nicht mit einem Wischtuch ab, das weiß jedes Kind. Und Sirup weiß es hundert Mal.

„Warum willst du immer perfekt sein?", fragt Sirup leise und es dröhnt plötzlich lauter in meinen Ohren als das Wutgeschrei vorher.

„Niemand ist perfekt, Hovanes. Niemand. Ich nicht, du nicht und sonst auch niemand. Nicht einmal Schwester Rosa ist perfekt." Er grinst. „Hast du schon einmal bemerkt, wie die isst?

Die schmatzt wie ein Kamel!“ Er schlägt sich auf die Schenkel und lacht sein quiekendes Lachen.
„Wir sind, wie wir sind, Hovo“, sagt er und klopft mir auf die Schulter. „Find dich damit ab, Alter.“
Sirup zieht das Wischtuch unter seinem Fuß hervor, ohne auch nur einen Zeh zu heben, wirft sich den nassen Lappen über die Schulter und macht pfeifend einen Abgang. Das ist das Gute an Sirup: Er kann von einer Sekunde auf die nächste losdonnern und dir alle möglichen Dinge an den Kopf werfen, aber genauso schnell ist er wieder friedlich, wenn er den Dampf abgelassen hat. Er hat die ganze Sache wahrscheinlich schon wieder vergessen. Er kann das.
Ich nicht.
Seine Worte hallen durch meinen Kopf, laut, immer und immer wieder.
Ich bin nicht perfekt. Das weiß ich selber.
Ich war nie perfekt und ich werde nie perfekt sein. Weit gefehlt.

KAPITEL 12

Ana stellt den Motor ab und wischt sich die feuchten Handflächen an ihrem Rock ab. Sie spürt, wie ein Schweißtropfen ihre Kopfhaut entlangläuft, in Zeitlupe, vom Scheitel bis zu ihrem Ohr. Die Hitze drückt durchs Schiebedach herein.
Ana seufzt.
Draußen ist es kühler. Draußen weht ein Lüftchen. Aber sie ist sich nicht mehr sicher, ob sie wirklich aussteigen will. Ob sie dem, was sie sich da aufgetischt hat, gewachsen ist.

Die Hexe sieht ein bisschen blass aus heute – und ziemlich verschwitzt. Schwester Rosa gibt ihr die Hand und zieht sie gleich ins Büro hinein. Kein Kaffee heute, kein Kuchen, nichts. Wir müssen uns nicht einmal extra benehmen. Keine Ermahnung.
„Hast du etwa schon Hunger, oder warum stehst du hier herum?“, ruft Schwester Miki aus der Küche heraus. Durch den Türspalt sehe ich sie Teig kneten. Ich schüttle den Kopf.
„Dann geh lieber nach draußen und besuche deine Kaninchen“, sagt Schwester Miki. „Kann leicht sein, dass sie Hunger haben, meinst du nicht?“
Ich drehe mich um und setze mich auf das Sofa im Wohnzimmer. Tiko kauert am Boden, ein Meer aus Buntstiften und Ölkreiden um sich herum ausgebreitet, und kritzelt Kreise auf

ein riesiges Blatt Packpapier. Sie nimmt einen roten Stift und zieht eine Linie quer über das ganze Blatt, bis auf den Fußboden.
„Hoppala“, flüstert sie und spuckt auf den Strich. Sorgfältig verreibt sie die Spucke mit den Fingern. „Das haben wir gleich“, sagt sie zuversichtlich.

Die Besprechung im Büro hat nicht lange gedauert. Ich höre die Tür zufallen und dann Schwester Rosas Gesundheitsschuhe auf dem Fußboden klappern. Tiko hört sie auch. Sie hört mit dem Rubbeln auf und schiebt das Blatt Papier über den verschmierten Fleck.
„Da bist du ja“, sagt Schwester Rosa. Wir drehen uns beide zu ihr um, Tiko mit Unschuldsmiene, selig lächelnd. Schwester Rosa macht einen Schritt zur Seite und nickt auf den Gang hinaus. Hinter ihr erscheint die Hexe mit ihren schwarzen Locken. Sie geht direkt auf Tiko zu und hockt sich neben sie auf den Boden.
Tiko legt die Hand auf die Stelle, wo sich die Spucke feucht durchs Papier drückt und lächelt gekünstelt. Nervös schielt sie zu Schwester Rosa hin. Aber Schwester Rosa steht nur da und schaut.
„Erinnerst du dich an mich?“, fragt die Hexe.
„Ja“, sagt Tiko.
„Ich bin Ana.“
„Ja“, sagt Tiko.
Ana sieht Tiko ein bisschen hilflos an. Dann zeigt sie auf das Packpapier.
„Was malst du denn Schönes?“, fragt sie und will das Blatt ein wenig zu sich herziehen.
„Eine Stadt“, sagt Tiko schnell und springt auf. „Aber das ist nur ein Plan. Fürs Bauen. Komm, ich zeig’s dir.“ Sie schnappt Anas Ärmel mit der Spuckehand und zieht daran. Ana lässt

sich aufziehen, lässt sich aus dem Wohnzimmer ziehen. Schwester Rosa lächelt und verschwindet in der Küche. Mich ignorieren sie.

Alle tun so, als wären sie irrsinnig beschäftigt mit etwas unglaublich Wichtigem. In Wirklichkeit lungern wir alle nur um die Tür des Mädchenzimmers herum. Schwester Rosa putzt die Waschbecken im Bad, extra leise, Sirup schleicht den Gang auf und ab und bohrt in der Nase. Eilis sitzt neben ihrem Bett am Fenster und tut, als würde sie Vögel beobachten. Schwester Miki kocht, ganz ohne Töpfeklappern, und kommt alle daumenlang, um Schwester Rosa etwas zu fragen, und dann stehen sie neben der Tür und flüstern. Nur Gaya hat sich nach draußen verzogen – aber vielleicht lauscht sogar sie unter dem Fenster.

Ich sitze auf meinem Bett, genau so, dass ich durch unseren Türspalt den Türspalt der Mädchen sehe und dahinter Tiko und Ana, wie sie auf dem Boden kauern, mit dem Rücken zu uns.

„Das ist die Stadt, aber erst die Hälfte", erklärt Tiko und zeigt auf das Durcheinander aus Fichtenzapfen, Holzklötzen, Zahnstochern und Murmeln, das gestern noch ein Zoo werden sollte. Und davor ein Puppenhaus. Hauptsache, sie muss das Chaos nicht aufräumen.

„Und das ist mein Lieblingsbuch", fährt Tiko ohne Atempause fort und zieht das große, rote Märchenbuch unter ihrem Kopfpolster hervor. Das Buch sollte eigentlich im Wohnzimmer stehen, im Bücherregal. Wenn das Schwester Rosa wüsste.

Tiko klettert auf ihr Bett. Das schwere Buch auf dem Schoß, schlägt sie wahllos eine Seite auf.

„Das ist meine Lieblingsgeschichte", sagt sie und lächelt Ana schief an. „Die kannst du mir vorlesen. Oder die andere, die mit der Hexe und dem Kuchenhaus." Sie klopft auffordernd

neben sich auf die Steppdecke. Ihre Zungenspitze schlüpft zwischen den Zähnen hervor.
Ana steht langsam vom Boden auf. Zögernd macht sie einen Schritt zum Bett hin, setzt sich auf die Kante, blättert um, wahrscheinlich zum Anfang der Geschichte.
„Uff", stöhnt Tiko und wuchtet das schwere Buch auf Anas Schoß. Die Zunge rutscht nach unten, zum Kinn. Ana hebt einen Arm und kratzt sich am Haaransatz. Schnell schlüpft Tiko unten durch und legt sich quer über Anas Schoß. Ana friert ein, schaut durchs Zimmer, durch den Türspalt, bis zu mir herüber. Für einen kurzen Moment treffen sich unsere Blicke. Ihre Augenlider flattern.
„Es war einmal!", ruft Tiko ungeduldig.
„Es war einmal", lächelt Ana und streicht Tiko über den Kopf. Dann konzentriert sie sich auf das Buch. „Es war einmal ein Schneider, der drei Söhne hatte und nur eine einzige Ziege ..."

Ana spürt es in der Kehle vibrieren, als sie vom Tischleindeckdich liest, vom Goldesel, vom Knüppelausdemsack und von der gemeinen Ziege. Sie versucht, ihrer Stimme einen angenehm tiefen Klang zu geben, so wie die Vorlesestimme im Mittagsjournal.
Tiko drückt sich warm und schwer gegen ihre Oberschenkel, den Kopf auf die kurzen Ärmchen gelegt, die Augen schläfrig klein. Ana spürt den kleinen Körper sich heben und senken, spürt den Atem ein- und ausströmen, nicht nur in den Bauch oder in die Brust, sie weiß gar nicht, wohin genau – das Kind atmet als Ganzes.
Da richtet sich Tiko plötzlich ruckartig auf, schlingt die Arme um Anas Hals und drückt ihr einen feuchten Kuss ins Gesicht, halb auf die Nase, halb auf den Mund. Erschrocken schnappt

Ana nach Luft. Tiko lächelt zufrieden, drückt die Schulter in Anas Achselhöhle und schmiegt sich an ihre Seite.
Mit einem Mal ist sich Ana der dunklen Flecken im Ärmelloch bewusst, der Salzränder, des Deodufts. Die Tür steht einen Spalt offen, wie es Schwester Rosa angeordnet hat. Aus dem Bubenzimmer spürt sie Hovanes' Blick auf sich brennen.
„Weiterlesen!", fordert Tiko.
Ana blinzelt eine Träne weg und liest.

KAPITEL 13

Sandro schält den dicken, breiten Malerpinsel aus der Verpackung, deutet damit auf den Geräteschuppen, deutet auf den Holzlack, deutet auf mich und drückt mir den Pinsel in die Hand. Ich tauche den Pinsel in die zähe, klebrige Flüssigkeit, streife ihn am Rand der Blechdose ab, wie Sandro es mir gezeigt hat. Ich streiche den Lack auf die Schuppentür, von oben nach unten, ganz langsam, damit er deckt.
Sandro nimmt einen tiefen Zug aus seiner Zigarette. Seine Backen blähen sich auf. Den Rauch lässt er langsam aus den Nasenlöchern dampfen. Er klopft die Asche ab, leert etwas Holzlack in den kleinen Plastikeimer, den Schwester Rosa uns gegeben hat, und steigt auf die Leiter. Sandro streicht den Giebel und alles, was über den Fenstern liegt. Der Rest ist meine Aufgabe.

Wir haben nur zwei Pinsel gekauft. Einen für mich, einen für Sandro.
Sandro streicht mit großen, eleganten Bewegungen. Mit einem Pinselstrich kommt er vom Fensterrahmen bis hinauf zur Dachrinne. Wir arbeiten ganz genau. Ich pinsle sogar in die Ritzen rund um den Türrahmen.
Sandro steigt von der Leiter herunter. Schnell schiebe ich die Lackdose zur Seite, damit sie nicht im Weg steht. Sandro fasst die Leiter links und rechts, geht in die Knie und hebt sie mit

einem lauten „Hoooooo!" ein ganzes Stück weiter Richtung Kaninchenstall.
Die Kaninchen drängen sich erschrocken in eine Käfigecke zusammen. Ich stecke einen Finger durch die Maschen. Der weiße Mümmelmann kommt und schnuppert. Die beiden anderen kauern einfach da, beobachten mich aus den Augenwinkeln. Die Graugefleckte hat eine seltsame Farbe, kommt mir vor. Das Fell sieht anders aus. Vielleicht ändern Kaninchen ihre Farbe, wenn sie älter werden. Vielleicht ist es auch das Licht, das heute anders ist. Oder ich bilde es mir nur ein. Ich bin nicht gut mit Farben.

„Hovanes!", ruft Sandro. *„Ma rapidamente, amico!"*
Er steht breitbeinig auf der Leiter und lässt den Plastikeimer über meinem Kopf baumeln. Ich stelle mich auf die Zehenspitzen und greife nach dem Henkel. Vorsichtig leere ich den Lack aus der Dose in den Eimer um. Die zähe Masse glänzt in der Sonne. Das sieht schön aus. Ich kippe die Dose stärker, damit es schneller geht. Gut die Hälfte haben wir schon verbraucht. Plötzlich taucht ein unförmiger Brocken auf und flutscht über den Rand der Dose in den Eimer. Es spritzt. Erschrocken schließe ich die Augen. Ich weiß, ich muss etwas ändern. Ich muss die Dose irgendwie anders halten, um den Lack zu stoppen. Aber ich weiß nicht, in welche Richtung ich die Dose kippen soll. Mein Atem geht schnell. Da rutschen mir plötzlich die Fersen weg und ich falle zurück. Ein Stich geht durch meine Wirbelsäule. Vor Schmerz stöhne ich auf. Ich spüre den Lack mein Gesicht hinunterlaufen. Die Leiter quietscht.
„Ma dimmi, Hovanes!", ruft Sandro. Mit aller Kraft halte ich die Tränen zurück. Der Schotter knirscht. Dann legt sich Sandros große, warme Hand in meinen Nacken. Etwas Weiches wischt mir übers Gesicht, wischt den Lack weg. Ich blinzle. Vor mir kniet Sandro, sein blaues Stofftaschentuch in der Hand. Er

wischt mir noch einmal über die Stirn, dann springt er auf und läuft zum Wasserhahn. Wie der Blitz schraubt er den Gartenschlauch ab. Er dreht das Wasser auf und wäscht das Taschentuch aus. Mit dem feuchten Tuch wischt er mir über die Augen, ganz vorsichtig. Er wischt von außen nach innen und hält dabei mein Kinn. Sein Daumen bewegt sich leicht hin und her. Ich spüre die Hornhaut auf seiner Fingerkuppe.

Sandro legt das Tuch weg. Er schaut mir prüfend in die Augen. Dann drückt er mir einen Kuss auf die Wange. Es fühlt sich seltsam an, rau und kühl. Er zwinkert mir zu.
„*Bene?*", fragt er.
Ich nicke. *Bene*. Sandro hilft mir auf die Beine und klopft mir auf die Schulter. Ich nehme den Plastikeimer und halte ihn Sandro hin.
„*Grazie*", sagt er. Den Eimer über den Arm gehängt, steigt er wieder auf die Leiter. Ich hebe den Pinsel vom Boden auf. Mein Rücken sticht noch immer, bei jeder Bewegung. Wahrscheinlich muss Schwester Miki mich wieder einrenken. Langsam gehe ich zum Wasserhahn und wasche den Staub und die kleinen Steinchen von den Pinselhaaren.
Der restliche Lack schimmert tief unten in der Blechdose. Vielleicht reicht es aus. Mir fehlt nur noch ein kleines Stück. Dann gehe ich und besorge Sandro Kaffee.

ANA

Ana hat die Hände im Schoß verschränkt und starrt ins Leere. Mit einem leisen Klicken schaltet der Bildschirm vor ihr in den Stand-by-Modus. Ana schiebt den Mittelfinger zwischen Nasenwurzel und Brille. Die Gläser sind so verschmiert, dass sie Regenbogenfarben sieht. Sie kramt ein Putztuch aus der Schreibtischlade und nimmt die Brille ab. Das Tuch ist in Folie eingeschweißt. Ana denkt kurz an die Mülldeponien aus ihrer letzten Reportage, dann gräbt sie ihre kurzen Fingernägel in die Folie.

„Mistzeug", flucht sie. Die Folie dehnt und zieht sich, aber sie bleibt intakt.

Es klopft und gleichzeitig geht die Tür auf. Levon steckt den Kopf herein.

„Hast du meinen Artikel bekommen?", fragt er.

„Die E-Mail schon", sagt Ana. „Aber gelesen habe ich noch nichts. Das schaffe ich erst morgen."

„Ist gut", meint Levon. „Ich bin dann mal weg. Mein Rendezvous wartet unten auf mich." Er zwinkert.

„Bis morgen", nickt Ana. Sie öffnet die Verpackung mit den Zähnen und zieht das feuchte Putztuch heraus. Der chemische Geruch brennt ihr scharf in der Nase.

Levon zögert, die Türklinke noch immer in der Hand.

„Bleibst du noch lange hier?", fragt er.

Ana blickt auf.

„Nicht wirklich“, sagt sie. „Ich muss nur ein bisschen Ordnung schaffen. Dann gehe ich auch.“
„Na dann“, meint Levon. „Bis morgen!“
Die Tür fällt ins Schloss. Ana rubbelt ihre Gläser sauber, setzt die Brille auf und wirft das Putztuch in den Papierkorb. Ihre Nase brennt noch immer. Sie kippt das Fenster. Mit dem Ellbogen stößt sie die Maus vom Tisch. Ana fischt nach dem Kabel. Sie stellt die Maus zurück auf die Unterlage und bewegt sie probehalber hin und her. Mit einem leisen KLICK geht der Bildschirm an. Tikos Gesicht erscheint, ihr Krönchen im Haar, der Mund schokoverschmiert.
Ana lacht auf. Gleich darauf beißt sie sich auf die Lippen. Sie hält kurz den Atem an.
Dann fährt sie den Computer hinunter, schnappt ihre Handtasche und rennt hinaus auf den Parkplatz.

KAPITEL 14

Das Tor fällt quietschend ins Schloss und Sandro lacht.
„Tja, das will wohl auch noch geschmiert werden", seufzt Schwester Rosa. Sie dreht den Schlüssel im Schloss und steckt ihn wieder in ihre Schürzentasche.
„*Buona notte!*", ruft Sandro.
„*Buona notte!*", kreischt Sirup und schlägt sich lachend auf die Schenkel. Sandro hebt die Hand zum Gruß und geht mit schweren Schritten davon.
„Na, dann zeig mal, was ihr heute alles gemacht habt", meint Schwester Rosa. Sie stemmt die Hände in die Seiten und sieht mich abwartend an. Da soll ich wohl vorausgehen. Als wüsste sie nicht ganz genau, was wir gemacht haben. Als hätte sie uns nicht Pinselstrich für Pinselstrich kontrolliert.

Zu dritt trotten wir nach hinten zum Geräteschuppen. Ich will mir das selber noch einmal ansehen. Ich will überprüfen, ob der Lack schon trocken ist.
Der Stall glänzt in der untergehenden Sonne, als ob er ganz mit Schokolade überzogen wäre. Überall riecht es nach Lack. Sandro hatte wohl Recht: Das wird noch ein paar Tage stinken. Schwester Rosa geht zum Eingang, drückt die Klinke hinunter und bewegt vorsichtig die Tür in den Angeln. Mein Atem pfeift. Sonst hört man nichts.
„Gute Arbeit", nickt Schwester Rosa anerkennend.

„Lecker“, strahlt Sirup. Er streckt einen Finger aus und klopft neugierig auf den Fensterrahmen.
Ist er völlig meschugge? Der feuchte Lack saugt sich sofort an seiner Fingerkuppe fest und zieht lange, klebrige Fäden. Wütend gebe ich Sirup einen Stoß. Was glaubt er eigentlich, wer er ist? Sirup strauchelt und fällt mit dem Rücken gegen die Tür. Bevor ich mit den Fäusten auf ihn losgehen kann, packen mich harte, kühle Finger fest ums Handgelenk. Ich will sie abschütteln, aber Schwester Rosa lässt nicht locker. Ihre Fingernägel graben sich in meine Haut. Vor Wut kommen mir dir Tränen. Ich hasse es, wenn ich weinen muss. Ich hasse Sirup.
Schwester Rosa legt mir die zweite Hand auf die Schulter. Halb ziehend, halb schiebend zwingt sie mich, um die Ecke zu gehen.
„Schauen wir lieber, wie es deinen Hasen geht“, sagt sie.

Das sind Kaninchen, verdammt. Schwester Rosa weiß gar nichts. Sie glaubt, wenn ich Sirup nicht mehr vor Augen habe, vergesse ich meine Wut. Sie muss mich für unsagbar dumm halten.
Ganz plötzlich lassen ihre Finger mich los und sie macht einen hastigen Schritt vorwärts zum Stall. Mit hektischen Bewegungen löst sie den Schließmechanismus und klappt den Deckel auf.
„Hovanes“, flüstert sie. „Was hast du nur gemacht?“
Gemacht? Gar nichts habe ich gemacht. Nein – warte: Ich habe den ganzen Tag in der heißen Sonne geschuftet und den verdammten Geräteschuppen lackiert. Frag meinen flimmernden Kopf: *Das* habe ich gemacht.
Schwester Rosa dreht sich zu mir um. Ihre Augen glänzen.
„Habe ich dir nicht mindestens drei Mal am Tag gesagt, du sollst die Hasen füttern?“, fragt sie drohend.
Das sind Kaninchen. Keine Hasen.

„Habe ich dich nicht gebeten, regelmäßig das Wasser und die Streu zu wechseln?“
Ich streiche mit der Schuhspitze den Schotter glatt. Sie sagt mir auch drei Mal am Tag, ich soll mir die Zähne putzen. Und fragt in der Früh, ob ich eine frische Unterhose anhabe.
„Hovanes, ich rede mit dir!“
Ich hebe den Kopf, starre aber über ihre Schulter hinweg auf die Gartenmauer. Da ist ziemlich viel Moos zwischen den Steinen.
Schwester Rosa packt mich im Nacken und dreht mich mit dem Gesicht zur Schuppenwand.
„So musst du die Hasen nehmen, Hovanes“, sagt sie gepresst. „So, spürst du das?“
Sie tut mir weh.
„Genau wie Hunde und Katzen ihre Jungen tragen.“
Ich bin kein Hund.
„Du darfst sie nie, nie, NIE bei den Ohren nehmen, Hovanes. Hörst du mich?“ Sie schüttelt mich. „Damit brichst du ihnen das Genick!“ Ich will in mein Zimmer. Ich will weg hier.
„Und Karotten und Salat sind nicht genug für einen Hasen. Sie brauchen Kraftfutter.“
„Ein Becher pro Hase!“, kräht Sirup.
Ich reiße mich los und trete nach ihm.
„Hovanes!“, ruft Schwester Rosa. Irgendetwas ist da in ihrer Stimme. „Hovanes, siehst du das wirklich nicht?“

Langsam drehe ich mich zu ihr um. Meine Handflächen jucken. Der Stalldeckel ist immer noch offen. Schwester Rosa hält ihn in der Hand. Die Kaninchen sitzen nebeneinander in einer Ecke, die Augen halb geschlossen. In der Mitte des Stalls liegt die Graugefleckte. Lang ausgestreckt. Ihr Bauch bewegt sich nicht. Die Nase zuckt nicht. Ihre Augen sind geschlossen.
„Hovanes?“, sagt Schwester Rosa leise.

Ich will weg hier. Jetzt weiß ich es. Kaninchen ändern ihre Farbe nicht.
Die Graugefleckte ist tot.

„Schwester Rosa?", ruft Schwester Miki vom Haus her.
„Hier drüben!", ruft Schwester Rosa zurück.
Knirschende Schritte nähern sich. Lächelnd kommt Schwester Miki um die Ecke, klopft Sirup aufmunternd auf die Schulter. Bleibt vor uns stehen. Sieht auf den Hasenstall.
„Um Himmels willen!", ruft sie erschrocken und schlägt die Hand vor den Mund. Sirup sieht sie belämmert an, mit hängender Unterlippe.
„Schwester?", sagt Schwester Rosa ruhig. Sie sieht Schwester Miki fest ins Gesicht.
„Frau – Ana ist da", stammelt Schwester Miki. Sie atmet tief durch. Dann redet sie mit normaler Stimme weiter. „Sie möchte kurz mit dir reden."
„Kannst du hier bitte übernehmen?", seufzt Schwester Rosa. Ohne eine Antwort abzuwarten, lässt sie mich los und geht. Der Gitterdeckel knallt auf den Kaninchenstall.
Einen Augenblick steht Schwester Miki da, ohne sich zu bewegen, den Blick auf das tote Kaninchen gerichtet. Dann dreht sie sich zu Sirup um, lächelt ihn an und sagt: „Sirup, Zeit zum Zähneputzen. Bitte geh schon einmal vor, ich komme gleich."
Sirup zuckt mit den Schultern und grinst. Ein Steinwurf, ein Schrei, ein Türeknallen, dann ist er weg.

„Bist du traurig?", fragt Schwester Miki sanft.
Ich starre auf das tote Kaninchen. Mein Magen fühlt sich leer an, pelzig. Ich weiß nicht, was ich bin.
„Das ist ziemlich viel Verantwortung, wenn man für ein anderes Lebewesen sorgen muss", sagt Schwester Miki. „Das Gefühl kann einen oft richtig drücken."

Ich nicke, weil mir sonst nichts einfällt.
„Komm", sagt Schwester Miki. Sie öffnet die Schuppentür, ohne zu bemerken, dass sie gar nicht mehr quietscht, und kramt sich nach hinten zu den Schachteln und Kisten durch. Sie hält kurz inne, greift dann in den Haufen und zieht eine Kiste aus dünnen Spanplatten hervor.
„Die sollte reichen", sagt Schwester Miki. „Meinst du nicht?"
Ich nicke wieder, obwohl ich nicht weiß, wofür sie reichen soll.
Schwester Miki zieht mich hinter sich her ins Freie. Die Schuppentür bleibt offen stehen.
„So", lächelt sie und zieht ein Paar Latexhandschuhe aus der Schürzentasche. Die hat sie immer mit dabei. Wenn jemand Durchfall hat oder so, dann muss sie uns mit Handschuhen helfen. Damit sich die anderen nicht anstecken. Schwester Rosa hat eigene Handschuhe, weil sie eine Allergie hat. Die stehen in einer Box auf ihrem Schreibtisch im Büro.
Schwester Miki streift die Handschuhe über. Mit einem leisen Klatschen legen sie sich um ihr Handgelenk.
„So", sagt sie wieder und beugt sich über den Stall. Sie packt die Graugefleckte unter dem Kopf und an der Hüfte und hebt sie vorsichtig heraus.
„Ganz schön schwer", sagt sie überrascht. Sie lässt das Kaninchen in die Spankiste gleiten, das Hinterteil voran. Die Ohren biegen sich um und stehen an der Schmalseite der Kiste nach oben. Bis jetzt hätte man glauben können, die Graugefleckte schläft nur. Aber so, wie sie jetzt in der Kiste liegt, sieht sie plötzlich seltsam aus.
Tot.

Ich gehe in die Knie, stütze mich mit beiden Händen auf der Kiste ab. Das weiche Fell an den Ohren kitzelt mich. Ich streiche der Graugefleckten über die Seite.
Es tut mir leid.

„Wenn du möchtest, können wir die Kaninchen jeden Tag gemeinsam füttern", sagt Schwester Miki. „Das würde mir ganz guttun, wenn ich vor dem Küchendienst ein wenig heraus in den Garten komme."
Ich nicke. Aber dieses Mal meine ich es auch.
Schwester Miki legt ein Tuch über die Graugefleckte und sperrt sie im Schuppen ein.
„Die anderen sind drinnen ganz alleine", sagt Schwester Miki. Gemeinsam gehen wir zum Haus. An der Tür fährt mir Schwester Miki noch einmal durch die Haare und läuft nach hinten zum Badezimmer.

Ich bleibe kurz stehen, schaue mich im Garderobenspiegel an. Dann schlurfe ich ins Bubenzimmer. Die Bürotür ist angelehnt. Ich höre Schwester Rosas Stimme, ein bisschen angespannt, ungeduldig.
„Ich habe Ihnen doch schon erklärt ..."
„Ich weiß", fällt ihr eine zweite, jüngere Stimme ins Wort. „Ich verstehe das ja, glauben Sie mir bitte. Es wäre ja auch für mich eine große Umstellung."
„Haben Sie sich das auch gut überlegt?", fragt Schwester Rosa skeptisch.
„Es gibt nichts, was ich mir mehr wünsche", sagt die Stimme leise.
Ich wünsche mir, dass die Graugefleckte noch lebt. Ich wünsche mir, dass Schwester Rosa mich nicht immer behandelt wie ein kleines Kind. Es war nicht meine Schuld.
Das Bubenzimmer ist leer. Ich schließe die Tür und schiebe meinen Stuhl davor.

Wenn man stirbt, wie ist das? Ich meine – für den, der stirbt. Fühlt er, wie der letzte Atem aus ihm rausfließt? Oder ist das mehr wie eine Explosion? Wie damals, als Schwester Miki den Bus gestartet hat und es geknallt hat und überall Rauch war?
Man hat nichts mehr gesehen vor lauter Rauch. Überall fette Wolken und dieser grässliche Gestank.
Vielleicht stinkt es, wenn man stirbt. Vielleicht verfault man gleich. Das Kaninchen hat gestunken. Und es war stocksteif.

KAPITEL 15

Der Stein liegt am Wegrand, halb versteckt unter dem Strauch, gleich neben der Marienstatue. Das matte Grau sieht wunderschön aus. Ein Netz aus weißen Äderchen zieht sich über die Oberfläche. Der Stein erinnert mich ein bisschen an die Graugefleckte. Ich hebe ihn auf und drehe ihn. Schwer liegt er in meiner Hand, weich und hart zugleich. Ich richte mich auf. Meine Knie knarzen. Die Schwestern kommen herüber, die Kiste mit der Graugefleckten in ihrer Mitte. Sie stellen sie vor der Grotte mit der Marienstatue ab. Ich lege meinen Stein daneben.

„Ist das dein Grabstein?", fragt Schwester Miki.

Ich nicke. Schaue auf den Boden.

„Schön", sagt Schwester Rosa. Sie legt mir kurz eine Hand auf die Schulter, dann läuft sie wieder zurück zum Haus. Wahrscheinlich holt sie schon Eilis.

„Bist du bereit, Hovanes?", fragt Schwester Miki.

Sicher doch. Lasst es uns nur bitte schnell hinter uns bringen.

„Fertig!", kräht Tiko. Sie stürmt über den Schotterweg zu uns her, in ihren Rutschsocken, ohne Schuhe.

„Am besten, du kehrst sofort wieder um und ziehst dir die Schuhe an, junge Dame", sagt Schwester Miki streng.

„Ich hab aber mein Geschenk fertig gemacht!", ruft Tiko gekränkt. Sie stellt sich auf die Zehenspitzen und hält uns ein knallbuntes Schneckenhaus unter die Nasen. „Außerdem hab

ich die Füße gar nicht am Boden, schau, ich bin wie eine Ballorina!"
„Komm her", lächelt Schwester Miki und hebt Tiko auf ihre Hüfte. „Für wen ist denn das Geschenk?"
„Halb für das Riesenhäschen, weil es jetzt gestorben ist", sagt Tiko feierlich, „und halb für Hovanes." Sie streckt mir das Schneckenhaus entgegen. „Du darfst es jetzt haben", sagt sie großzügig. „Ich habe es ganz alleine angemalt. Und nachher gebe ich es dann dem Riesenhäschen. Aber zuerst muss ich Schuhe anziehen gehen."

„Fertig?", fragt Schwester Rosa. Alle nicken. Schwester Rosa sperrt das Tor auf. Wie beim Faschingsumzug stehen wir da, alle in einer Schlange, und warten, dass es losgeht. Sirup steht ganz vorne, die Finger um ein krummes Stück Holz gelegt. Quer darüber hat er ein Brett genagelt.
„Das Kreuz ist für deinen Hasen", flüstert Sirup mir zu.
Ich schaue auf das Kreuz auf Schwester Rosas Brust. Sirups Holzstück ist eindeutig ein X. Ein schiefes X.
Schwester Miki kommt gelaufen und zieht Eilis noch ein Stirnband über.

„So", sagt sie zu mir. „Wir tragen den Sarg gemeinsam." Sie hebt die Holzkiste vom Boden auf und sieht mich erwartungsvoll an. Ich schiebe die Hände unter die Kante der Kiste. Das Gewicht der Graugefleckten drückt sich scharf in meine Finger.
Wir marschieren los. Sirup als Erster, Schwester Miki und ich mit dem Sarg hintennach. Schwester Rosa schiebt Eilis, Tiko hält sich am Rollstuhl fest und Gaya hält einen Sicherheitsabstand. Sie knetet das blaue Perlenarmband zwischen ihren Fingern, das sie zum Geburtstag geschenkt bekommen hat.
Wegen der Kiste muss ich schräg gehen. Immer wieder stößt mein Fuß gegen einen Stein. Viel öfter als sonst. Schwester

Miki dreht sich ein bisschen, damit ich gerader gehen kann. Ich bin froh, dass der Weg zum Kalvarienberg nicht länger ist. Oben beim großen Kreuz bleiben wir stehen. Schwester Rosa stimmt irgendein Lied an, aber ich weiß nicht, welches. Erstens singt Sirup so falsch, dass es weh tut. Und zweitens schießen die Gedanken wild durch meinen Kopf. „Was hast du nur getan?“, hat Schwester Rosa gestern gefragt. „Was hast du nur getan?“ Aber ich habe gar nichts getan. Gar nichts! Es ist nicht meine Schuld. Und sie kann mir die Kaninchen nicht wegnehmen und den Gemüsegarten auch nicht. Was soll ich denn sonst machen? Ich kann doch nicht die ganze Zeit in meinem Zimmer sitzen! Ich habe ja noch nicht einmal ein eigenes Zimmer. Und sie *kann* mir die Kaninchen nicht wegnehmen. Schwester Miki hilft mir. Das hat sie gesagt.
Schwester Miki wendet mir das Gesicht zu und lächelt.
„Jetzt sind wir dran“, sagt sie leise. Sie macht ein paar Schritte zur Seite, hinter die kleine Kapelle und ich folge ihr nach, die Kiste immer zwischen uns.
Hinter der Kapelle ist ein Holunderstrauch. Der ist mir noch nie aufgefallen. Dabei ist er ziemlich groß. Schwester Miki nimmt mir die Kiste aus der Hand und geht in die Hocke. Ich lasse mich auf die Knie fallen. Jetzt erst sehe ich die Grube, frisch ausgegraben.
Wer hat das gemacht?
„Sandro war heute Morgen vor der Arbeit hier“, flüstert Schwester Miki. „Alles Gute von ihm.“
Mir wird ganz komisch. Meine Lippen krampfen.
„Wir heben den Sarg jetzt gemeinsam in die Grube, Hovanes“, flüstert Schwester Miki.
Sandro hat seine Arbeit gut gemacht. Die Kiste passt genau in die Grube. Über dem schwarzen Tuch ist noch Platz frei. Schwester Rosa nimmt eine kleine Handschaufel aus Eilis’ Rollstuhltasche und reicht sie mir.

„Dort drüben“, sagt Schwester Miki und deutet auf den Erdhaufen neben dem Strauch. Gehorsam nehme ich die Schaufel, stecke sie in die Erde und lasse die trockenen Klumpen auf die Graugefleckte fallen. Schwester Miki macht es mir nach, dann alle anderen. Gaya wirft zuerst ihre Perlenkette hinein, hinterher noch etwas Erde drauf.
„Friede“, brummt sie. Sie geht zum Anfang des Kreuzweges zurück und setzt sich auf eine Bank.
Schwester Rosa reicht Eilis die Schaufel nur halbvoll. Eilis lässt es von oben braun auf das Grab regnen. Es ist schon ein richtiger Hügel, da, wo gerade noch die Grube war.
„Ruhe in Frieden“, sagt Sirup feierlich. Er steckt sein X mitten in den Grabhügel hinein. Tiko fingert ihr Schneckenhaus aus meiner Manteltasche und legt es daneben.
„Kann ich es morgen wieder holen?“, fragt sie. Schwester Miki streichelt ihr über den Kopf und sieht mich an.
„Hovanes?“, fragt sie leise. „Möchtest du etwas hinzufügen?“
Ich stecke die Hand in meine Hosentasche. Da liegt der Stein, warm und weich und schwer.
Ich schüttle den Kopf.
Lasst uns lieber gehen.

Wir sitzen alle im Wohnzimmer. Fast alle. Und wir streiten nicht.
Sirup schnippt mit den Fingern eine Ölkreide am Boden hin und her. Die blauen Kreideflöckchen legen sich auf dem Parkett an und bleiben glänzend kleben. Eilis legt Patiencen. Sie braucht meine Hilfe. Ihre Arme sind nicht lang genug, um die riesige Harfe am Tisch aufzudecken.
„Die Herzdame auf den Buben da oben, Hovanes“, sagt sie konzentriert. „Da rechts – ja, genau, danke.“

Eigentlich ist es friedlich. Bis auf Gaya, die zwischen Gang und Wohnzimmer hin und her läuft und leise vor sich hin schimpft. „Flüsterflüster", zischt sie. „Scheißflüster." Sie sieht grün aus. Ich sitze still neben Eilis, bewege nur meine Hand, wenn sie mir sagt, wohin. Aber innen drin fühle ich mich so wie Gaya. Innen drin gehe ich unruhig auf und ab. Schwester Rosa ist nun sicher schon eine Stunde mit dieser Ana in ihrem Büro. Sie haben Tiko mitgenommen. Und sie haben die Türe geschlossen.
„Flüsterflusen", murmelt Gaya.

Da geht die Bürotür auf.
Gaya bleibt ruckartig stehen und verschränkt die Arme vor der Brust. Sirup schießt die Ölkreide unter das Sofa und stürzt auf den Gang hinaus. Er rammt Gaya mit der Schulter. Gaya stößt einen Wutschrei aus.
„Ruhig Blut, Gaya", sagt Schwester Rosa. Sie schleift Sirup hinter sich her ins Wohnzimmer, nimmt Gaya an der Schulter und drückt beide aufs Sofa. „Setzt euch bitte alle für einen Moment hierher", ruft sie, viel zu laut.
In der Tür steht Tiko, ihren Dornröschenrucksack umgeschnallt, ihre kleine Hand in Anas großer mit den grau lackierten Fingernägeln. Schwester Miki drängt sich an ihnen vorbei ins Zimmer.
„Nehmen Sie bitte auch Platz", sagt sie zu Ana und deutet auf den Esstisch. Ana kommt auf Eilis und mich zu, lächelt uns an, schaut auf die Patience, hält Tiko an der Hand. Tiko springt auf ihren Schoß, kaum dass Ana richtig sitzt. Ihr Rucksack klimpert. Sicher hat sie alle Bauernhoftiere eingepackt. Sie geht oft einfach so mit ihrem Rucksack im Garten spazieren und manchmal sogar im Haus.
„Hovanes?", ruft Schwester Rosa ungeduldig. „Komm hierher mit Eilis."

„Ich mach das schon“, sagt Schwester Miki schnell. Sie wirft mir einen aufmunternden Blick zu und schiebt Eilis zum Sofa. Ich verstehe nicht, warum ich dort drüben sitzen muss. Das Sofa ist schon voll genug, Sirup wetzt ständig herum. Ich setze mich sicher nicht zwischen ihn und Gaya, wenn Gaya jetzt schon wütend ist. Und auf der Lehne dürfen wir nicht sitzen. Nicht, wenn Schwester Rosa da ist.
„Na dann setz dich von mir aus auf die Lehne“, sagt Schwester Rosa. Sie klingt genervt. „Aber das ist eine Ausnahme, das sage ich dir gleich.“
Ich verstehe nicht, warum sie genervt ist. Es gibt überhaupt keinen Grund herumzunerven. Da wird Gayas Stimmung sicher nicht besser. Meine auch nicht.
„Wie ihr alle wisst, wird Tiko heute einen Ausflug machen“, verkündet Schwester Rosa.
Ich weiß gar nichts. Welcher Ausflug?
„Morgen kommt sie zurück.“
Sie macht *heute* einen Ausflug und kommt *morgen* zurück?
„Morgen“, murmelt Gaya.
Schwester Rosa schaut an uns vorbei Eilis ins Gesicht. Sie lächelt. Sie ignoriert uns.
„Wir wünschen Tiko eine schöne Zeit.“ Sie nickt, zufrieden mit sich selber. Dann wendet sie sich dem Esstisch zu. „Tiko, wir freuen uns schon auf morgen, wenn du wieder zurückkommst. Bestimmt erzählst du uns dann alles ganz genau, nicht wahr?“
Tiko strahlt. „Fahren wir jetzt?“
Ana streichelt ihr über den Kopf und nickt. Tiko springt von ihrem Schoß und saust zur Tür.
„Tiko!“, ruft Schwester Miki mit einem Lächeln in der Stimme. „Magst du dich nicht von allen verabschieden?“
„Nein“, sagt Tiko und ist schon draußen. Ana knetet ein Taschentuch in der Hand. Sie steckt den weißen Fetzen in die Jeanstasche und kommt auf uns zu.

„Bis morgen", sagt sie. Kurz steht sie da, ohne etwas zu sagen, ohne sich zu bewegen. Dann gibt sie uns der Reihe nach die Hand.
Ich hoffe, das Taschentuch war frisch.

Wir begleiten sie zum Tor. Anas Auto ist draußen beim Bienenstock geparkt. Sie drückt auf den Schlüssel. Das Auto piepst und blinkt. Tiko lacht begeistert auf. Ana macht die Tür auf und klappt den Beifahrersitz nach vorne. Tiko springt auf den Rücksitz. Sie klopft ans Fenster und winkt fröhlich heraus.
„Bis morgen!", ruft Ana noch einmal. Dann startet sie den Motor und fährt davon. Ich sehe Tikos Pferdeschwanz hinter der Heckscheibe auf und ab hüpfen. Eigentlich ist sie nicht so groß. Sicher sitzt sie auf ihrem Kindersitz.
Das heißt, der Kindersitz war schon im Auto. Schon vorher. Die haben das geplant. Die haben das alle gewusst. Nur uns sagt niemand etwas.
Eine Hand legt sich von hinten auf meine Schulter.
„Es wird alles gut, Hovanes", sagt Schwester Miki. „Du wirst schon sehen."
„Es ist ja auch nur fürs Wochenende", nickt Schwester Rosa. Als sie hineingeht, klimpert der Schlüsselbund in ihrer Tasche.

Was wird gut? Was ist nur fürs Wochenende? Was ist denn überhaupt? Ich glaube, ich bin traurig. Ich weiß nur nicht, warum. Das macht mich noch trauriger. Vielleicht bin ich auch überhaupt nur traurig, weil ich nicht weiß, was los ist. Nie sagt uns jemand etwas, aber ständig ändert sich alles.
Ich schaue an Schwester Miki vorbei auf den Boden. Dann zwänge ich mich hinter die Mülltonnen, zwischen Mauerzaun und Hausmauer. Hier sitze ich mit Sandro, wenn uns Schwester Rosa nicht finden soll. Hier kann mich nichts überraschen und traurig machen.

Ich bin nicht allein. Am Mauervorsprung unter dem Mädchenfenster kauert Gaya. Ich lasse mich neben sie auf den Boden fallen. Mein Rücken ächzt.
„Sie lösen es auf", murmelt Gaya.
Was lösen sie auf?
„Das Heim", sagt Gaya düster.
Sie können das Heim nicht auflösen.
„Deswegen adoptiert sie Tiko, diese Ana", sagt Gaya.
Ana adoptiert Tiko? Warum? – Gaya? – Gaya!
„Sie ist die Jüngste", meint Gaya leise. „Jung ist gut. Tiko kann noch adoptiert werden."
Tiko kann noch adoptiert werden. Mein Bauch tut weh. Je jünger desto besser. Uns will niemand mehr. Aber was machen sie dann mit uns? Wo sollen wir hin, wenn es kein Heim mehr gibt?
„Wir kommen in ein Arbeitslager", flüstert Gaya.
Mein Kopf drückt. Ich habe Durst. Gaya soll aufhören zu reden. Ich will das alles nicht. Ich weiß nicht, was ein Arbeitslager ist.
„Da sperren sie uns ein", fährt Gaya fort. Sie starrt finster vor sich hin. „Das haben sie früher auch so gemacht. Damit die Leute solche wie uns nicht sehen."

Schwester Miki sagt, wenn mein Kopf drückt, soll ich spazieren gehen oder in den Garten und etwas arbeiten. Ich soll nicht drinnen sein und ich soll mit niemandem reden. Mir ist schwindelig. Ich balle die Hände zu Fäusten und stehe langsam auf. Die Welt dreht sich.
Gaya schaut zu mir herauf, schaut mir in die Augen.
„Uns will niemand", sagt sie.
Ich lege eine Hand an die Hausmauer und gehe.

ANA

Ana versucht, Tikos Hand zu streicheln, während sie mit der Rechten den Wohnungsschlüssel aus der Handtasche kramt und die Tür aufschließt. Das Türschloss klickt, ein Mal, zwei Mal, ein drittes Mal. Ana fragt sich, warum sie immer drei Mal abschließt, ob sie Paranoia hat, drückt die Tür auf, stellt die Handtasche auf die Kommode, zieht Tiko hinter sich ins Vorzimmer, stößt die Eingangstür mit der Ferse zu, dreht sich endlich zu Tiko um, geht in die Knie. Lächelt. Hört ihr Herz in den eigenen Ohren trommeln. Weiß nicht mehr weiter.
„Gehen wir spielen?“, fragt Tiko und schielt an Ana vorbei ins Wohnzimmer. Ana nickt, schnürt Tiko die Schuhe auf und lotst sie an der Hand ins Wohnzimmer. Tiko bleibt wie angewurzelt stehen, die Augen weit aufgerissen. Der Beistelltisch ist übersät mit Bilderbüchern, Puzzles und Malstiften. Auf dem Sofa reiht sich ein Plüschtier ans nächste. Den großen Hüpfball hat Ana in der Früh noch schnell im Spielzeugladen besorgt, der Nachbarin hat sie einen Zettel unter der Tür durch geschoben, dass sie Besuch erwartet, dass es poltern könnte, bitte entschuldigen Sie und melden Sie sich bitte, wenn es zu laut ist.

Tiko steht da und schaut.

Ana fährt sich durch die Haare. Fühlt sich unwohl, dumm vielleicht, hilflos wahrscheinlich.

Da haucht Tiko ein plötzliches „Oh!“, lässt Anas Hand los und stürmt zum Bücherregal.
„Das mag ich!“, ruft sie begeistert und hat den Globus auch schon in den Händen. Den teuren Globus, den Ana von ihrem Vater zu Weihnachten bekommen hat, mit Lupe und Licht. In dem Jahr, bevor er gestorben ist.
Ana hält die Luft an. Vorsichtig bewegt sie sich auf Tiko zu, legt ihre Hände um Tikos Finger, hält den Globus gleich mit und lässt sich langsam auf den Teppich gleiten. Tiko hat vor Eifer ganz rote Wangen.
„Das ist eine Weltenkugel“, flüstert sie. „Das weiß ich.“
„Den Globus habe ich von meinem Papa bekommen“, sagt Ana mit wackeliger Stimme.
„Zeigst du mir, wo dein Papa wohnt?“, fragt Tiko neugierig. „Das kann man da sehen.“
Ana schluckt.
„Mein Papa wohnt ... er ist leider schon gestorben“, erklärt Ana unsicher.
„Aha“, meint Tiko sachlich. „Dann ist es einfach.“
Erstaunt sieht Ana sie an. Tiko steht auf, stellt sich auf die Zehenspitzen, streckt die Arme nach oben zur Decke.
„Dann wohnt er dort.“

KAPITEL 16

Ich höre Schritte. Sirup gräbt konzentriert mit einem verdrehten Wurzelstück in der Erde am Mauerzaun. Vorsichtig schließe ich den Kaninchenstall und schleiche über den Schotter zurück zum Haus. Er hat nichts gemerkt. Hoffentlich gräbt er weiter, bis er ins Bett muss.

In der Tür stehen sie schon und besprechen, was zu tun ist. Schwester Rosa fuchtelt mit den Händen und zeigt in alle Richtungen gleichzeitig. Sandro nickt höflich. Er hat heute seinen eigenen Werkzeugkoffer mitgebracht. Der glänzt blau in der Sonne, an den Ecken und Kanten abgeschlagen und braun. Ich komme näher und streiche mit der Hand über das kühle Metall.

„*Ciao,* Hovanes!“, lächelt Sandro. „*Éccoti qua!*“ Er winkt mir mit der Hand und ich folge ihm hinein ins Wohnzimmer. Er braucht mich. Ich bin sein Helfer. Sandro stellt den Koffer neben dem Sofa ab und kniet sich daneben hin. Er dreht den Verschlusshaken zur Seite und drückt die beiden Kofferhälften auseinander. Wie durch Zauberei teilen sich die Hälften in viele kleine Stufen. Jede Stufe ist eine kleine Lade, in der Schrauben und Zangen und Schlüssel und Muttern und Nägel liegen. Ich muss lachen.

„*Bene,* eh?“, meint Sandro. Er klopft sich stolz auf die Brust. Ich puffe ihn mit der Faust sanft in die Seite. Wir sind Freunde. Sandro macht einen Schritt zum Geschirrschrank hin und geht in die Hocke. Der Parkettboden vor ihm wirft Wellen. Es sieht aus wie das Meerbild in Schwester Rosas Büro. Sandro kratzt sich am Kopf und seufzt. Ich hocke mich neben ihn und seufze auch. Das war Sirup. Wer sonst. Niemand weiß, wie er das geschafft hat. Und wir müssen es wieder reparieren.

Sandro zerlegt den ganzen Boden, Brett für Brett. Darunter kommt verstaubter Beton zum Vorschein. Ich muss husten. Sandro schlichtet die Holzbretter aufeinander und legt eines quer oben drüber. Dann nimmt er eine Säge und drückt meine Hand auf das oberste Brett. Ich knie mich auf den niedrigen Stapel, drücke, mit aller Kraft. Sandro setzt die Säge an. Meine Gelenke dröhnen. Ich schließe die Augen. Aber ich lasse nicht los.

Sandro macht eine Pause und legt zwei der Bretter zurück in die Lücke im Boden. Sie passen! Zufrieden nickt Sandro. Wir schneiden die restlichen Bretter zurecht. Alles läuft gut. Wir sind ein Team. Ich habe das Gefühl, ich kenne Sandro schon immer. Viel besser als meinen Vater oder meine Mutter. Und auch viel besser als die Schwestern. Denn mit Sandro streite ich nicht und er meckert auch nicht dauernd an mir herum. Sandro ist mein Freund. Später werde ich ihn einmal in Italien besuchen. Dann sehe ich seine kranke Frau. Hoffentlich ist sie bis dahin nicht gestorben.

„Hovanes?", fragt Sandro. Erschrocken blicke ich auf. Die letzten Bretter liegen verstreut am Boden. Habe ich losgelassen? Sandro lächelt, wuschelt mir durchs Haar und drückt mich fest an sich. Ich rieche die Zigaretten und sein Rasierwasser und etwas Süßliches. Er lässt mich los.

Ich lege meine Hände dorthin, wo ich Sandros Herz schlagen fühle. Ich will wissen, wie es seiner Frau geht.

Sandro legt sich auf das Sofa und lässt den Kopf zur Seite

kippen. Die Augen sind geschlossen, der Mund steht leicht offen, eine Hand hängt auf den Fußboden. Einen Moment lang bleibt er so liegen. Dann zwinkert er ein bisschen, schaut durch den dunklen Wimpernring zu mir her.
Ich schaue weg. Ich weiß nicht, wie ich reagieren soll. Seine Frau ist schwach. Sie muss im Bett liegen. Und er muss Geld verdienen und kann nicht bei ihr sein.
Sandro lacht. „Eh, Hovanes!“, ruft er. Er richtet sich auf und zieht etwas aus seiner Brieftasche. Es ist ein länglicher Streifen Papier. Kleine blaue Schriftzeichen sind darauf gedruckt. Ich habe keine Ahnung, was das sein soll.

„Ist das etwa schon das Ticket?“, fragt Schwester Rosa plötzlich. Sie hat den Kopf zur Tür herein gestreckt und macht große Augen. Sandro schaut verlegen und steckt den Streifen schnell in seine Hosentasche.
„*Il biglietto?*“, hakt Schwester Rosa nach.
„*Sì, suora*“, sagt Sandro unsicher. Dann macht er einen Schritt zur Seite und zeigt auf den halb fertigen Fußboden.
„*Bene?*“, fragt er. Schwester Rosa nickt begeistert.
„Gute Arbeit, ihr beiden!“, sagt sie. Dann ist die Tür zu und Schwester Rosa ist weg und wir haben wieder unsere Ruhe.

Beim Zähneputzen spuckt Sirup den Spiegel an.
„Ha!“, schreit er. Er klemmt sich die Zahnbürste zwischen die Zähne und verwischt die feuchte Spur mit dem Pyjamaärmel. Dann hüpft er vor dem Spiegel auf und ab.
Ich spüle mir den Mund aus und gehe. In der Tür steht Tiko.
„Ist Sandro schon weg?“, fragt sie schläfrig.
„Sandro fährt nach Italien“, gurgelt Sirup.
Wie der Blitz drehe ich mich um und gebe ihm einen Schubs.
„Das stimmt aber!“, verteidigt sich Sirup. „Schwester Rosa hat es gesagt!“

Meine Knie zittern. Ich schiebe Tiko zur Seite und gehe. Mir ist kalt. Im Bett ziehe ich mir die Decke bis über die Ohren.
„Schwester Rosa hat es aber gesagt!“, ruft Sirup noch einmal, bevor er das Licht abdreht.
Schwester Rosa weiß gar nichts. Und Sirup lügt.

Die zwei Kaninchen mümmeln an ihrem Heu. Ich glaube, es geht ihnen gut. Sie sehen gesund aus. Es schmeckt ihnen. Ich nehme noch eine Handvoll frischer Sägespäne aus der großen Holzkiste und streue sie locker über die Bettstelle der beiden. Wenn es schön weich ist, schlafen sie sicher besser.
„Hovanes?“
Schritte.
Ich glaube, ich will lieber allein sein.
„Hast du kurz Zeit?“, fragt Schwester Miki.
Ich hebe die Schulten. Keine Ahnung – kommt darauf an, wofür.
„Ich wollte nur kurz mit dir reden“, meint Schwester Miki.
Am liebsten würde ich weglaufen. Sicher hat Schwester Rosa sie geschickt. Ganz bestimmt.
„Die Kaninchen sehen gut aus“, sagt Schwester Miki nachdenklich und fährt mit dem Finger leicht über das Drahtgitter. „Ich finde es toll, wie du dich um sie kümmerst.“
Wieder zucke ich mit den Schultern. Wenn Schwester Rosa mir das wirklich sagen will, soll sie selber kommen.
„Was schaust du denn so?“, lacht Schwester Miki. „Glaubst du, das wird eine Standpredigt?“
Ich schüttle den Kopf. Schwester Miki verengt die Augen zu schmalen Schlitzen.
„Du glaubst, dass Schwester Rosa mich geschickt hat, nicht wahr?“ Sie verschränkt die Arme vor der Brust und lässt sich

auf den Boden sinken. Sie setzt sich einfach so auf die Steine, ohne Polster oder Brett.
„Es ist bitter, wenn einem niemand zutraut, dass man seine Entscheidungen manchmal auch selber trifft“, sagt Schwester Miki. Sie schaut zur Mariengrotte hin und seufzt. „Oder dass man einfach nur mit einem guten Freund reden will. Ohne Hintergedanken.“ Plötzlich lässt sie den Kopf auf ihre Arme fallen. Sie bebt. Erschrocken lasse ich mich neben sie auf den Boden fallen. Ich wollte sie nicht beleidigen. Ich wollte ihr nicht weh tun. Vorsichtig lege ich meine Hand auf ihre Schulter. Schwester Miki hebt den Kopf.
Keine Tränen.
Sie lacht.
Erleichtert boxe ich sie in die Seite.

Wir sitzen in der Abendsonne, nebeneinander.
„Du hast ein gutes Herz, Hovanes“, sagt Schwester Miki. „Das ist ein großes Geschenk.“
Ich glaube, das war ein Kompliment. Es ist mir unangenehm. Ich weiß nicht warum. Einen Moment lang sind wir still. Dann fällt mir Sandro ein. Sandro hat ein großes Herz. Er hilft uns immer und er kümmert sich um seine kranke Frau.
„Sandro ist wichtig für dich, oder?“, fragt Schwester Miki leise.
Sandro ist mein bester Freund. Wir sind ein Team.
„Weißt du eigentlich, dass dein Papa sich genau so um deine Mama gekümmert hat, wie Sandro um seine Frau?“
War Mama krank?
„Sie war anders krank als Sandros Frau“, erklärt Schwester Miki. „Sie war traurig.“
Traurig? Nicht krank?
„Sie war so traurig, dass sie an manchen Tagen gar nicht aus dem Bett steigen konnte“, sagt Schwester Miki. „Sie hatte keine Kraft. Dein Papa war immer für sie da. Und für dich.“

Mama ist weggegangen. Mit einem Koffer, einfach so. Und sie ist nicht mehr zurückgekommen.
„Ihr ist alles zu viel geworden“, sagt Schwester Miki. „Sie wollte dir nicht weh tun.“
Wenn man jemanden lieb hat, läuft man nicht einfach so weg. Wenn man ein Kind hat.
Vor uns hüpft ein kleiner Spatz auf und ab. Er dreht den Kopf blitzschnell hin und her, schaut uns kurz an und fliegt über den Mauerzaun davon.
„Sie hat dich immer noch lieb, Hovanes“, flüstert Schwester Miki. „Wo immer sie auch ist.“ Sie berührt mich am Knie.
Ich habe Angst. Ich weiß nur nicht, warum. Oder wovor.
„Komm“, sagt Schwester Miki und zieht mich auf die Beine. „Es wird langsam kalt.“
Hand in Hand gehen wir hinein.

KAPITEL 17

Der Regen gießt das Gemüse und ich hab nichts zu tun.
Im Haus ist es leise. Gaya hat sich eingesperrt und die anderen sitzen im Wohnzimmer. Lucine hat das Puzzle entdeckt, das die Schwestern uns geschenkt haben. 101 Dalmatiner. 500 Teile. Alles Punkte. Sirup hat gesagt, er wird es wegwerfen, in der Nacht, damit die Schwestern uns nicht zwingen können, es zusammenzubauen. Jetzt sitzt er dort, mit offenem Mund und starrt auf Lucines Hände. Eilis und Tiko suchen die Randteile zusammen. Damit sollten sie beginnen, hat Lucine gemeint. Dann ist es leichter.
„Magst du nicht mitmachen?", fragt Lucine. Sie lächelt. Ich nehme ein Bilderbuch aus dem Regal, das mit dem Känguru. Schwester Rosa hat es mir immer vorgelesen. Es ist mein Buch, weil ich es am liebsten hatte, aber jetzt steht es hier im Wohnzimmer, für alle.
„Das macht Spaß!", ruft Tiko. Sie schielt zu mir herüber. Das Bilderbuch ist so groß, dass es über meine Knie hinaus ragt. Als ich klein war, konnte ich mich dahinter verstecken.

Es klingelt. Sirup springt auf und stürzt zur Tür hinaus. Der Stuhl knallt auf den Boden, zwischen die Puzzleteile, die er vom Tisch gefegt hat.
„He!", ruft Tiko empört. Weinerlich schiebt sie die Unterlippe vor.

„Schau nur", lächelt Eilis. „Da hat dir Sirup aber etwas Schönes ausgesucht." Sie deutet auf den Teppich. „Siehst du es?"
Tiko krabbelt auf allen Vieren unter den Tisch.
„Eine Ecke!", jubelt sie. Stolz hält sie das Teil Lucine unter die Nase. „Ich habe es gefunden, Lucine. War ganz einfach. Baust du das jetzt für mich?"
„Lucine hat jetzt keine Zeit für dich", sagt Sirup wichtig. Er steht in der Tür, an den Rahmen gelehnt, die Hände verschränkt. Tiko ignoriert ihn.
„Das ist rot", sagt sie und deutet auf das Eckteil.
Hinter Sirup taucht eine Frau mit kurzen blonden Haaren auf. Sie trägt Jeans und ein T-Shirt, das wie ein Kleid aussieht.
„Lucine?", sagt die Frau. „Tut mir leid, wenn ich euch unterbreche – aber wir müssen die Karten eine halbe Stunde vorher abholen. Ich habe reserviert."
Ich kenne sie. Das ist Lucines Mama. Sie war früher öfter da.
„Hallo, Hovanes", sagt sie. „Ich habe dich zuerst gar nicht gesehen! Wie geht es dir?"
Ich drehe den Kopf weg. Lucine schiebt ihren Stuhl zurück, steht auf und winkt in die Runde.
„Wo gehst du denn hin?", fragt Eilis.
„Ins Kino", sagt Lucine über die Schulter. Dann kommt sie zu mir.
„Nächste Woche scheint sicher wieder die Sonne, Hovo", meint sie. „Dann können wir zusammen im Garten werken. Was meinst du?"
Geh endlich.
Lucines Mama hält schon ihre Jacke in der Hand, Lucine braucht nur noch hineinzuschlüpfen. Sie winkt und alle winken zurück. Ich halte mich mit beiden Händen am Buch fest.
„Du bist so unfreundlich!", keift Sirup. „Hat dir irgendwer was getan? Was willst du eigentlich?"
Ich will alleine sein. Also lasst mich gefälligst in Ruhe.

Ich schrecke auf. Das Telefon läutet, laut und durchdringend. Der unangenehme Ton hallt durch den leeren Gang wie eine Sirene. Es läutet und läutet und läutet. Nichts rührt sich. Es ist, als wäre ich alleine zu Hause. Als wären alle anderen weg.
Aber ich war noch nie alleine hier. Noch nie in meinem Leben.
Mitten im Klingelton bricht das Läuten ab. Einen Moment lang ist es unheimlich still. Nur in meinen Ohren klingelt es weiter. Gleich darauf geht es wieder los.
Ich halte mir die Ohren zu. Gequält schaue ich zur Tür von Schwester Rosas Büro. Da drinnen schrillt das Telefon. Und niemand hebt ab.

KAPITEL 18

Alles ist genau so, wie Tiko es sich gewünscht hat: Die Festtafel steht im Garten, jeder Platz ist mit einer Blume dekoriert und Lucine hat die Servietten zu Schmetterlingen gefaltet. Tiko selbst thront auf einem Turmstuhl mit vier Kissen, damit sie alles überblicken kann. An ihrer Seite sitzt Ana. Sie trägt eine fette Halskette aus bunten Glassteinen. Tiko hat sie genau so eine geschenkt.

Auf dem Kopf trägt Tiko ihr Prinzessinnenkrönchen. Schwester Miki hat ihr ein neues Kostüm genäht. Die weiten Ärmel hängen in die Reste der Geburtstagstorte.

„Und jetzt noch einmal singen!", ruft Tiko und trommelt mit beiden Händen auf den Tisch. „Das Geburtstagslied, aber zwei Mal durch!"

Die Erwachsenen lachen und stimmen das Lied an. Neben mir brummt Sandro den Text auf Italienisch dazu. Sirup starrt herüber, sein Blick ist abwesend. Er singt nicht. Gaya sitzt neben ihm, mit verschlossenem Gesicht, und pickt Kuchenbrösel vom Tischtuch auf. Schwester Miki wippt beim Singen leicht hin und her, zieht Eilis mit, die selig lächelt. Sie singen das Lied tatsächlich zwei Mal. Für mich würden sie das nicht tun. Da würde Schwester Rosa sagen, Hovanes, hör auf mit dem Unsinn. Ein Mal ist wirklich genug. Aber Schwester Rosa sitzt da und singt und wippt mit dem Fuß mit.

Sandro knufft mich in die Seite und zwinkert. Ich schlucke. Da steht Schwester Rosa auf und klopft mit der Gabel gegen ihr Glas.
„Quaqua", meint Gaya leise.
„Liebe Familie, wir haben euch etwas Wichtiges zu verkünden", sagt Schwester Rosa feierlich.
Wer ist wir?
„Tiko, du weißt es ja schon", fährt Schwester Rosa fort. „Und du hast es unglaublich gut geschafft, dein Geheimnis bis jetzt für dich zu behalten."
„Weil es ja ein Geheimnis ist", ruft Tiko stolz. „Das weiß ich doch!"
Wer ist wir? Warum ist das ein Geheimnis?
„Ana hat sich ein ganz besonderes Geschenk für Tiko ausgedacht", sagt Schwester Rosa.
Ich finde die Glaskette nicht sehr besonders. Aber bitte.
„Ana wird Tiko an den Wochenenden zu sich einladen", sagt Schwester Rosa. Sie macht eine Pause und sieht jedem von uns ins Gesicht. Mein Herz rast. Gaya wirft mir einen Blick zu. Ich schaue schnell weg. Sirup hat den Mund noch immer offen. Er starrt Ana an. Ana lächelt. Dann beißt sie sich auf die Lippe. Schwester Rosa räuspert sich.
„Das heißt, Tiko wird jeden Samstag in der Früh von Ana abgeholt und bei ihr schlafen", sagt sie etwas lauter.
„In der Nacht auch?", fragt Tiko aufgeregt.
„Ja, über Nacht", nickt Schwester Rosa. „Du fährst am Samstag weg und kommst am Sonntag Abend wieder zurück."
„Morgen?", ruft Tiko gespannt.
Am Sonntag, am Abend? Wir müssen doch alle zusammen in die Kirche gehen!
„Morgen noch nicht", antwortet Schwester Rosa rasch.
„Nächste Woche dann, Prinzessin", flüstert Ana, laut genug für alle.

„Wir müssen uns alle erst an die neue Situation gewöhnen“, sagt Schwester Rosa. Sie schaut zuerst Sirup an, dann Gaya, dann mich. Schwester Miki drückt Eilis die Hand.
Schwester Rosa schaut zu Ana hinüber. „Möchtest du noch etwas dazu sagen?“
Du. Sie sagt du.
„Ana wird jetzt meine Mama, aber ich muss das nicht sagen“, ruft Tiko an Anas Stelle. „Ich kann Ana sagen.“
„Keine Mama“, lächelt Ana. „Mehr so eine Feiertagsmutter.“ Sie knetet ihre Serviette. „Ich glaube, es ist alles gesagt. Außer – ich danke euch für euer Vertrauen. Und dafür, dass ich Teil dieser Familie sein darf.“
Wer hat gesagt, dass sie Teil dieser Familie ist?
Sandro klatscht und Sirup macht begeistert mit. Ana lacht von einem Ohr zum anderen.

Ich wische die klebrige Kuchengabel mit dem Ellbogen vom Tisch. Vorsichtig schiebe ich meinen Stuhl zurück und lasse mich auf die Knie sinken.
Die Gabel liegt genau vor Eilis’ Rad.
Ich lasse sie liegen. Hocke einfach da, den Kopf in die Hände gestützt. Es ist ganz dunkel um mich. Als wäre ich alleine. In meinen Händen höre ich mein Herz klopfen. Ich mag hier unten bleiben, bis alle weg sind.
„Hovanes!“, sagt Sandros raue Stimme sanft. „*Vieni.*“
Einen Moment lang bleibe ich noch hocken. Dann krabble ich zurück nach oben. Sandro zieht mich an den Achseln hoch. Er sieht mir prüfend ins Gesicht. Er klopft mir auf die Schulter und trinkt einen Schluck Wein.

Schwester Miki steht auf und räumt das Kuchengeschirr ab.
„Ich muss dann“, meint Ana zu allen oder zu niemandem. Sie streichelt Tiko über die Stirn. Die Glasperlen klirren.

„Wir begleiten dich noch zum Tor", sagt Schwester Rosa. „Nicht wahr, Tiko?"
Sandro erhebt sich und gibt Ana die Hand. Dann lässt er sich wieder in seinen Sessel fallen. Ana macht einen Schritt auf mich zu, zögert, bleibt stehen. Sie sieht unsicher in die Runde. Dann hebt sie eine Hand.
„Ich mache einfach so", sagt sie und winkt. „Auf Wiedersehen alle miteinander."
Sirup winkt zurück. Eilis nickt und lächelt.
„Bis bald", sagt sie leise.

Mit Tiko in der Mitte gehen Schwester Rosa und Ana den Weg hinunter, an der Mariengrotte vorbei, zum Tor. Kaum sind sie um die Ecke verschwunden, springt Sirup auf und rennt ihnen hinterher.
„Schluss", sagt Gaya. Sie steht auf und geht ins Haus. Eilis, Sandro und ich sitzen da, still, nichts auf dem Tisch als Kuchenbrösel und Kaffeeflecken. Schwester Miki streicht Eilis eine Strähne aus der Stirn und setzt sich schweigend zu uns. Die Stille tut gut.
Aber Sirup kommt wieder zurück.
„Gibt's noch Kuchen?", fragt er laut. Hinter ihm tauchen Schwester Rosa und Tiko auf.
„Es gibt bald Abendessen", sagt Schwester Rosa. „Bis dahin hältst du es sicher noch aus."
Sirup zuckt die Schultern und springt in Riesenschritten zum Schuppen. Er soll bloß meine Kaninchen in Ruhe lassen.
„Was ist denn das?", fragt Tiko plötzlich. Sie zeigt auf ihr Gesicht. Eine kleine, runde Träne rinnt langsam über ihre Wange hinunter. An den Lippen bleibt sie hängen. Sie glänzt in der Sonne.
„Ich bin doch gar nicht traurig!", ruft Tiko. Mit dem Finger zerdrückt sie die Träne.

„Das wird eine Freudenträne sein“, lächelt Schwester Miki. Sie drückt Tiko an sich und gibt ihr einen Kuss. „Manchmal weint man vor Glück, weil man sich so sehr freut.“
„Aber ich bin doch gar nicht froh!“, sagt Tiko weinerlich. Sie schluchzt auf und vergräbt das Gesicht in Schwester Mikis Rock.
Die Schwestern sehen einander an. Schwester Rosa nickt und Schwester Miki nimmt Tiko an der Hand und geht mit ihr zurück zum Haus.

Der Tisch ist drinnen, der Geschirrspüler brummt leise hinter der Tür und alles ist fast so wie immer.
„Zeit für das Abendgebet“, sagt Schwester Rosa. „Sirup, ich möchte, dass du dir eine lange Hose anziehst.“ Sirup murrt und verzieht sich. Schwester Rosa fixiert Gaya. „Du holst Eilis herein. Sie sitzt draußen unterm Fenster.“
„Bittedanke“, sagt Gaya verächtlich. Sie schlurft hinaus.
Schwester Rosa tut, als hätte sie nichts gehört. „Tiko, wir gehen noch Hände waschen“, ruft sie.
Mein Hals brennt. Sie ignoriert mich. Ich bin ihr völlig egal. Meine Hände jucken, aber ich wasche sie nicht. Ich gehe hinaus zu den Mädchen.
Gaya hockt vor Eilis und macht ein wütendes Gesicht.
„Hör auf!“, bellt sie und schüttelt den Rollstuhl hin und her.
Eilis sitzt vornübergebeugt da. Ich glaube, sie hat die Augen geschlossen. Und sie weint.
„Aus!“, ruft Gaya. Ihre dunklen Augenbrauen berühren sich fast.
Ich trete vorsichtig näher und lege eine Hand sanft auf Eilis’ Schulter.
Was ist los? Warum weinst du? Tut dir etwas weh?
Wenn sich jemand verletzt hat, müssen wir Schwester Miki holen. Oder Schwester Rosa. Das ist egal.

„Niemand hat mich lieb“, presst Eilis hervor. Sie schluchzt und ein Ruck geht durch den Rollstuhl.
„Blödsinn“, sagt Gaya zornig.
Alle haben dich lieb, Eilis. Schau her! Ich hab dich lieb! Und Tiko und Schwester Miki und Schwester Rosa und Sirup wahrscheinlich auch, keine Ahnung.
Eilis lehnt ihren Kopf gegen meinen Arm. Sie schaut zu mir herauf und versucht ein Lächeln.
„Ich weiß“, sagt sie leise. „Aber niemand hat mich ganz speziell lieb, nur mich. Ich bin nicht hübsch genug.“
Mein Kopf tut weh. Ich weiß nicht, was ich tun soll.
„Hübsch!“, ruft Gaya böse. Sie hat Tränen in den Augen. „Hübsch, hübsch, Nägel, Haare, Hintern – Blödsinn!“
Ich lasse mich neben Eilis auf den Boden gleiten. Meine Hand rutscht von ihrer Schulter auf ihre Hand hinunter. Ich streichle ihre Finger, jeden einzeln. Mein Herz klopft. Es klopft nicht schneller als sonst. Nur so hart.

Leise beginnt Eilis zu summen. In meinen Ohren pocht es. Ich schließe die Augen und höre zu.
„Was soll denn das?“, ruft Schwester Rosa von der Tür her. „Hört ihr nicht richtig? Muss ich mich denn um alles selber kümmern?“
Gaya springt auf und stapft davon, ohne sich ein Mal umzudrehen. Ich nehme die Rollstuhl-Griffe und versuche, mit der Schuhspitze die Bremse zu lösen. Schwester Rosa schubst mich weg und schiebt schnaufend den Rollstuhl die Rampe hinauf.

Ich will nicht mehr.

Ich will hier weg.

In der Kapelle setze ich mich ganz nach hinten, ganz alleine. Ich hocke am Boden und lehne mich mit dem Rücken gegen das Regal mit den Liederheften. Schwester Rosa kommt zu mir und nimmt ihre Bibel aus dem obersten Fach. Sie sagt nichts. Vorne zieht Schwester Miki die Gitarre aus dem Koffer und stimmt die Saiten. Wir warten. Tiko bläst von der Seite in die Gitarre hinein. Schwester Miki streichelt sie und drückt sie sanft weg.
Gaya kommt viel zu spät. Aber Schwester Rosa sagt nichts. Sie winkt nur und Gaya setzt sich nach vorne zum Altar.
Es sind dieselben Lieder wie jede Woche, dieselben Gebete. Die Schwestern singen, Eilis singt mit. Aber Sirups Brummen übertönt sie fast. Sandro hätte noch hierbleiben sollen. Seine tiefe Stimme schwingt so schön hier in der Kapelle.
„Wir danken für diese wunderbare Woche", sagt Schwester Miki. „Und heute möchten wir einen ganz besonderen Dank aussprechen für unsere Tiko." Sie schließt die Augen und macht eine Pause.
„Wer für etwas danken oder bitten möchte, kann das nun laut oder leise tun", sagt sie nach einer Weile.
Es ist mucksmäuschenstill.
„Kann ich jetzt dran sein?", flüstert Tiko. Schwester Miki nickt. „Lieber Gott, danke, dass ich jetzt eine Feiertagsmama habe", sagt Tiko. „Und ich bitte für die Schwestern, dass sie nicht einsam sind ohne mich."

Die Wohnzimmertür steht offen.
Auf dem Sofa sitzt Schwester Miki und neben dem Sofa sitzt Eilis und ihre Augen sind schwarz. Stur schwarz.

Vor sich auf dem Schoß hat sie ihr Arbeitsbrett, auf dem sie sonst Patiencen legt und darauf liegt ein Blatt Papier, leer. Eilis starrt darauf, den Stift verkrampft in der Hand, ohne sich zu rühren.

Ich kenne das. Wenn Eilis etwas nicht will, dann friert sie einfach ein, wie ein Schneemann. Die Schwestern können nichts dagegen tun. Gar nichts. Schwester Miki starrt Eilis an und Eilis starrt das Blatt an und nichts rührt sich. Bis Schwester Miki die Augen zur Decke richtet und seufzend hinausstapft.

Ich setze mich aufs Sofa und sehe Eilis von der Seite an. Sie ignoriert mich. Ich suche das Känguru-Buch, ziehe es aus dem Regal, schlage es auf. Die erste Seite ist die schönste. Sie ist ganz gelb und orange, von der Sonne und dem vielen weichen Sand.

„Sie hat mir die Patiencen weggenommen", murmelt Eilis. „Für die ganze Woche! Damit ich etwas Vernünftiges mache."

Ich blättere um. Das kleine Känguru sitzt weinend auf einem Felsbrocken.

„Wenn ich Karten spiele, konzentriere ich mich", sagt Eilis. „Dann verschwinden die Bilder."

Ihre Stimme ist ganz leise. Ich hebe den Kopf. Unsere Blicke treffen sich.

„Dann wird mein Kopf leer", sagt Eilis. „Das mag ich."

Ich merke, dass ich Eilis anstarre. Auf einmal ist die Idee da. Ich knalle das Bilderbuch auf den Tisch und renne hinaus in den Geräteschuppen. Es ist schon fast dunkel. Im Licht der Glühbirne sehe ich das Brett, das vom Kaninchenstall übrig geblieben ist. Es liegt ganz oben auf dem Holzstapel. Das Holz ist hell mit dunklen Ringen. Wo sie aufeinandertreffen, machen sie Wellen.

Vorsichtig lege ich das Brett auf Eilis' Arbeitsplatte. Es passt genau. Überrascht sieht Eilis mich an. Aber ich habe jetzt keine Zeit. Ganz hinten in meinem Nachtkästchen habe ich noch die

Kreiden, die mir die Schwestern geschenkt haben. Sie sind ein bisschen verstaubt. Pastellkreiden. Unbenützt. Ich drücke sie Eilis in die Hand. Sie starrt mich verwundert an und sagt nichts.
Ich stelle das Bilderbuch zurück ins Regal und gehe hinaus auf den Gang.
Zumindest schaut Eilis jetzt nicht mehr so schwarz. Ich bin zufrieden.

„Ich hab's dir ja gesagt!“, jubelt Sirup.
Mit verschlägt es den Atem. Am liebsten würde ich ihn gegen die Glasvitrine stoßen. Den großen Krug in seinem Gesicht zerschmettern. Nein – ihm den *Schädel* mit dem großen Krug zerschmettern!
„Hovanes, das ist schlecht für deine Zähne“, flüstert Schwester Rosa. Verständnislos schaue ich sie an. Mein Auge zuckt.
„Du knirschst schon wieder“, zischt Schwester Rosa. Sie bewegt die Kiefer hin und her. Dann wendet sie uns erneut den Rücken zu. Über ihre runde Schulter hinweg sehe ich Sandros Stoppelbart. Er hat sich nicht mehr rasiert. Ich spüre meinen Puls rasen und es knirscht in meinen Ohren.
„Wir möchten Ihnen von ganzem Herzen danken“, sagt Schwester Rosa. Sie räuspert sich. „Der Abschied fällt uns nicht leicht, Sandro. Wir werden Sie in unsere Gebete nehmen und auch für die Genesung Ihrer Frau beten.“ Schwester Miki übersetzt alles auf Italienisch. Es klingt schnell und weich und einfach.
Dann greift Schwester Rosa in den Korb an ihrem Arm und zieht ein kleines Kissen hervor. Es ist dieses hässliche blaue Ding, das Tiko und Eilis gestern Abend noch mit den verfaulten Kartoffeln aus dem Keller bedruckt haben.

„Wir möchten ihnen gerne ein kleines Geschenk überreichen", sagt Schwester Rosa und streckt die Hände aus. Sandro greift nach dem Kissen, während Schwester Miki alles auf Italienisch wiederholt.
„Das ist ein selbst gemachtes Duftkissen. Von den Kindern. Es soll Sie auf der Reise begleiten und Sie immer an uns erinnern", erklärt Schwester Rosa.

Sandro bedankt sich. Seine Augen schimmern. Ich habe noch nie einen Mann weinen sehen. Mir tut alles weh. Ich mache einen Schritt auf ihn zu. Sandro legt das Kissen zur Seite und schließt mich in die Arme. Er drückt so fest, dass mir ein Seufzer entfährt. Alle hören es. Aber das ist mir egal. Ich presse Augen und Lippen zusammen und halte mich an Sandro fest. Mein Hals drückt. Der Druck wird immer stärker. Ich glaube, ich ersticke.
„Hovanes", sagt Schwester Miki leise. „Hovanes, komm." Sie löst meine Hände aus der Umklammerung und drückt mich auf einen Sessel. Sandro verabschiedet sich von den anderen. Er gibt jedem die Hand. Drückt jedem zwei Küsse auf die Wangen, auf jede Seite einen. Mir auch. Er ist stachelig.
„*Ciao, amici*", sagt er und winkt. „*Mille grazie. Arrivederci.*"
Tiko läuft zu ihm und umklammert seine Knie. Schnell zieht Schwester Rosa ihre Arme wieder auseinander und dreht Tiko zu sich.
„Wir müssen Sandro jetzt gehen lassen", meint sie, laut genug für alle. „Er muss los. Sonst versäumt er noch seinen Zug."
„Genau, wie ich gesagt habe!", gluckst Sirup vergnügt. „Er fährt mit dem Zug, siehst du?"
Mit voller Wucht trete ich ihm gegen das Schienbein. Bevor die Schwestern bei mir sind, habe ich ihm ins Gesicht gespuckt und den vollen Wasserkrug vom Tisch gestoßen. Eine Hand packt mich hart im Nacken. Es tut weh. Aber mir ist alles egal.

Ich schließe die Augen und lasse mich in die Scherben fallen.

Sie dreht mir den Rücken zu und ich bekomme plötzlich keine Luft mehr. Das Knarren der Türklinke schneidet sich in meine Ohren. Ihr Mantel ist gelb und der Koffer ist eckig und ich weiß, sie trägt weichrosa Lippenstift. Als sie durch die Tür tritt, verblassen alle Farben. Ich werde geblendet und sehe nur noch ihre Umrisse, die schmalen Schultern, die krausen Locken, den Hut. Ich sehe keine Farben, aber ich weiß, dass die Locken rot sind.

Ich möchte ihr hinterherlaufen und mich ihr in den Weg stellen. Sie soll mich ansehen.

Wenn sie mich sieht, bleibt sie hier.

Ich möchte ihr nachlaufen, aber überall liegen Scherben. Sie bohren sich in meine Füße, in meine Knie, in meine Hände und ich spüre den Schmerz und die Angst, die mir ins Genick drückt, diese schreckliche Angst und ich will schreien. Ich öffne den Mund, so weit ich kann.

Mein Hals sticht.

Es kommt kein Ton.

Ich weine.

Vorsichtig schneide ich den Plastiksack auf, ganz knapp unter der Versiegelung. Ich fülle die Hälfte der neuen Futterpackung in die grüne Tonne um. Die einzelnen Körner rieseln fast geräuschlos aus dem kleinen Loch im Sack.

Und plötzlich weiß ich: Ich gehe von hier weg.

Es ist ganz logisch. Es kann gar nicht anders sein. Ich werde nach Italien ziehen, zu Sandro und seiner Frau. Dann ist sie nicht allein, wenn er arbeiten geht. Dann haben sie eine Hilfe.

Mein Mund geht auf und ich lächle so stark, dass meine Lippen spannen. Ich strecke das Gesicht in die Sonne und die Arme zur Seite.
Alles wird gut.

Ich laufe zum Gemüsegarten hinüber.
Der Garten sieht schlimm aus. Wahrscheinlich wegen des Regens letzte Woche. Aber wenn ich gleich beginne, kann ich es schaffen. Die Karotten schillern schon gelb in der Erde und die Zwiebeln schauen gut aus. Das Unkraut kann sie sicher nicht so schnell umbringen. Ich muss nur bald beginnen, in der Früh. Vielleicht kann ich vor dem Frühstück aufstehen. Wenn es heiß ist, geht Schwester Rosa manchmal in den Garten, bevor sie uns aufweckt. Damit sie die Blumen gießen kann, bevor die Sonne zu stark wird. Schwester Miki hat mir gesagt, wie das Unkraut heißt. Es sind ganz normale Pflanzen, aber man muss sie ausreißen. Sie tun dem Gemüse weh. Aber die Namen sind schön:
Hunds-Petersilie.
Floh-Knöterich.
Gänsedistel, Storchenschnabel, Fuchsschwanz, Vogelmiere.
Ich habe mir alle gemerkt.
Wenn die Beete sauber sind, werde ich ernten. Bald kann ich auch die Tomaten abnehmen und drinnen zum Nachreifen auflegen. Und dann verkaufe ich alles. Lucine kann etwas kaufen und die Schwestern und ich kann mich vor das Tor stellen, auf die Straße. Da gehen viele Leute vorbei. Ich werde alles verkaufen und dann habe ich Geld und dann kaufe ich mir ein Zugticket. Und die Schwestern brauchen mir gar kein blödes Kissen machen für die Zugfahrt. Ich werde die ganze Zeit wach bleiben.

„Fertig!“, schreit Tiko. Schwester Rosa kommt aus dem Bubenzimmer und eilt hinüber zum Klo.
„Nicht so laut“, schimpft sie. „Ich komme ja schon.“
Schwester Rosa hat die Tür nicht ganz geschlossen. Durch den Spalt sehe ich meinen Schreibtisch. Der Inhalt von Schwester Rosas Medizinschrank ist darauf ausgebreitet. Mein Notizbuch liegt auf dem Boden. Sandros Adresse steht da drin.
Ich richte mich vorsichtig auf und schleiche in das Zimmer. Lautlos hebe ich das Notizbuch auf und schiebe es mir hinten in den Hosenbund.
Es ist ganz still im Zimmer. Die Vorhänge sind halb zugezogen. Sirup liegt in seinem Bett, der Kopf hängt zur Seite, der Mund ist leicht offen. Ein dünner Speichelfaden zwischen blauen Lippen. Zwei dicke Bettdecken liegen quer auf seinem dünnem Körper. Die zweite Decke gehört mir.
Ich bin nicht sicher, ob Sirup atmet. Vielleicht drücken die Decken zu schwer auf seinen Brustkorb? Was ist, wenn er gerade erstickt?
Vorsichtig strecke ich die Hand aus und halte sie unter seine Nase. Ich halte selbst den Atem an, konzentriere mich ganz auf meine Hand. Aber ich spüre nichts. Nichts Warmes, keinen Luftzug, nichts.
Vom Gang höre ich Schritte. Schnell laufe ich aus dem Zimmer und verstecke mich im Bad.

KAPITEL 19

Ich gieße Wasser auf die Erde. Langsam versickert es. Trotzdem kann ich die Harke nur schwer in die Erde stoßen. Alles ist anstrengend. Es ist viel zu heiß.
„Was fressen Regenwürmer?," ruft Tikos Kopf zwischen den Rosenbüschen heraus. Schwester Miki hat mir einmal etwas über Regenwürmer gesagt. Regenwürmer sind nützlich, weil sie die Erde auflockern. Und wenn man sie zerhackt, können sie trotzdem weiterleben.
„Hovanes!" Tiko stampft mit dem Fuß auf. „Was Regenwürmer fressen!"
Ich zucke mit den Schultern. Tiko taucht wieder unter. Den ganzen Tag schon ist sie im Garten, immer in meiner Nähe. Das stört mich gar nicht. Es ist irgendwie ein schönes Gefühl. Ich harke weiter. Die Sonne brennt mir auf den Rücken. Ich spüre richtig, wie mein T-Shirt heißer und heißer wird. Darunter rinnt mir der Schweiß langsam und unangenehm über die Haut. Ich muss drei Mal ausholen, bis die Harke in die Erde eintaucht. Vielleicht brauche ich mehr Wasser? Ich richte mich auf, um den Gartenschlauch zu holen. Da höre ich den Schrei.

Tiko!
Schnell laufe ich zur Hecke. Tiko trampelt auf Schwester Rosas Geranien herum und schreit wie am Spieß.
„Auauauauau, das tut so weh, sie hat mich gesticht!"

Gestochen? Ich lasse die Harke fallen. Eine Biene? Vielleicht ist der Stachel noch drin! Ich schnappe das Ende des Gartenschlauchs, drehe das Wasser auf und laufe zu Tiko hinüber. Wenn etwas weh tut, soll man kaltes Wasser drüberlaufen lassen. Schwester Rosa macht das immer so. Tiko sieht mich, sieht das Wasser und läuft schreiend davon. Eine Tür knallt. Die Eingangstür. Tiko läuft zu Schwester Rosa. Wahrscheinlich ins Büro. Vormittags ist Schwester Rosa immer im Büro.
So schnell ich kann, laufe ich Tiko nach. Vielleicht brauchen sie meine Hilfe. Ich kann helfen. Ich hätte das auch alleine geschafft, nur ist Tiko davongelaufen. Schwester Rosa wird froh sein, wenn ich da bin. Ich könnte den Eisbeutel holen.

Die Bürotür ist zu. Keuchend stoße ich sie auf. Schwester Rosa kniet am Boden. Sie hat den Eisbeutel schon in der Hand, in ein Geschirrtuch eingeschlagen.
„Ruhig halten, Prinzessin“, singt sie. „Gleich tut es nicht mehr weh.“ Vorsichtig drückt sie den Eisbeutel gegen Tikos Bein, das vom Schreibtisch baumelt. Tiko hält sich am Wasserhahn fest und hat das Gesicht zu einer Grimasse verzogen.
„Du trägst ja den Weltschmerz im Gesicht“, lächelt Schwester Rosa. Tiko windet sich und wimmert leise.
„Was ist passiert?“, fragt Schwester Rosa lauter und dreht sich zu mir um. Das Lächeln ist weg. Ich starre auf den Boden und rühre mich nicht. Gleich geht das Donnerwetter los. Warum bin schon wieder ich schuld?
„Die blöde Biene hat mich gesticht!“, schluchzt Tiko.
Schwester Rosa öffnet den Mund. Ich schließe die Augen. Ich will es nicht hören.
„Bist du böse auf die Biene?“, fragt Schwester Rosa.
Ich mache die Augen wieder auf.
„Böse?“ Tiko schaut Schwester Rosa verdattert an. „Ich weiß nicht ... Sie hat mir weh getan!“

„Um ehrlich zu sein, ich glaube, sie hat es nicht mit Absicht getan", sagt Schwester Rosa nachdenklich. „Wie groß war denn die Biene in etwa? Hast du sie gesehen?"
„Ungefähr ..." Tiko runzelt die Stirn. Sie schielt ein bisschen. „So groß!", ruft sie schließlich und streckt Zeigefinger und Daumen weit auseinander.
„Aha, so groß also. Und wie groß ist unsere Tiko?", fragt Schwester Rosa mit ihrer Kindergartenstimme.
„Sooo groß!", quietscht Tiko und wirft beide Arme in die Höhe.
„Ja, so groß ist unsere Tiko", lacht Schwester Rosa. „Und jetzt gut aufgepasst. Wer ist denn größer? Tiko oder die Biene?"
„Tiko!", brüllt Tiko voller Freude und trommelt mit den Fersen gegen die Anrichte.
„Und jetzt stell dir mal vor", sagt Schwester Rosa, „stell dir vor, du bist die kleine Biene, sitzt auf einer Dotterblume, denkst an nichts Böses und plötzlich kommt eine Tiko-Riesin geradewegs auf dich zugestampft. Würdest du dich nicht fürchten?"
„Ja", nickt Tiko ernst. „Ich würde einen fürchterlichen Schrecken bekommen." Sie beißt sich auf die Unterlippe und kaut darauf herum.
„Genau", nickt Schwester Rosa. „Die kleine Biene hat sich auch furchtbar erschrocken, als sie dich gesehen hat. Und da hat sie einfach zugestochen. Aus Angst, verstehst du?"
„Die kann sich ja nicht anders wehren, die kleine Biene", sagt Tiko weise.
„Ja, Bienen haben nur ihren Stachel, um sich zu wehren", bestätigt Schwester Rosa. „Deswegen müssen wir gut auf unsere kleinen fleißigen Freunde aufpassen. Wir brauchen die Bienen. Weißt du auch wofür, Tiko?"
„Für Honig!", sagt Tiko stolz. „Und die Kuh brauchen wir für Milch."
Schwester Rosa lacht. „Und wofür brauchen wir Hühner?"
„Für Eier!", ruft Tiko. Sie strahlt übers ganze Gesicht.

„Soso, du kleiner Naseweis. Und wofür brauchen wir Schafe?", fragt Schwester Rosa. Die Antwort kommt wie aus der Pistole geschossen: „Für Socken!"
Schwester Rosa dreht sich zu mir um. Sie ertappt mich dabei, wie ich die Augen verdrehe. Schwester Rosa lächelt.
„Richtet die Augen auf zum Herrn", singt sie. Tiko kichert. „Und vor Freude erstrahlt!"
Ich muss lachen.
Schwester Rosa zwinkert mir zu. Ich strahle sie an und fühle mich stark. Es ist alles in Ordnung.

Ich gehe zurück in den Garten. Die Harke liegt neben dem Schlauch auf dem Boden. Ich bücke mich. Als ich den Stein sehe, erinnere ich mich gleich an ihn. Sirup hat ihn da hingeworfen, aus Wut, weil es noch nichts zum Ernten gab. Auf dem Stein sitzt die Biene. Ihr Hinterteil zuckt. Unaufhörlich bewegt es sich unter ihren Körper und wieder zurück. Der Stachel steckt wohl wirklich in Tikos Bein.
Ich glaube, die Biene stirbt.

ANA

Ana reißt die Tür auf, wirft ihre Handtasche auf den Boden und entledigt sich ihrer Ballerinas mit zwei kräftigen Tritten Richtung Schuhablage. Während sie noch mit den Fingerspitzen die Wohnungstür zustößt, steht sie schon mit einem seidenbestrumpften Fuß im Wohnzimmer, die Schneidezähne fest in ihre Lippen verbissen, den Brief immer noch in der Hand. Ungeöffnet.

Fahrig nimmt sie den Brieföffner vom Schreibtisch, steckt ihn in die Lasche über dem Klebestreifen, schlitzt das Kuvert auf. Lässt sich in das Sitzkissen fallen. Atmet flach. Ana legt eine Hand auf ihre Brust, schließt die Augen und versucht ein, zwei, vier tiefe Atemzüge. Dann zieht sie ein starkes Blatt Papier heraus. Sie faltet es auseinander. Es ist perforiert. Ein riesiges Wappen prangt auf dem Blatt, zieht sich über die ganze Seite. Ana erkennt es auf den ersten Blick: Es ist das Wappen der Edge Hill Universität in Ormskirk. Vor einem Jahr hat sie ihre Bewerbung nach England geschickt – für eine Stelle am Institut für Medienwissenschaften. Vor einem halben Jahr. Sie hätte nicht mehr gedacht, dass ...

Die Buchstaben tanzen vor Anas Augen. Sie blinzelt, kramt die Lesebrille aus der Schublade neben ihrem Kopf, fummelt umständlich daran herum. Die Brille sitzt schief. Ana rückt sie zurecht. Langsam beruhigen sich die Buchstaben. Bleiben schließlich stehen. Von einer Einladung zum Hearing steht

etwas hier, von herausragender Qualifikation, von einem interessanten Lebenslauf. Sie muss sich konzentrieren, um den Zusammenhang zu verstehen. Eine Stelle für zwei Jahre.
Zwei Jahre in England.
Ihre Gedanken rasen.
Das ist ihre große Chance. Die eine Chance, auf die sie so lange gewartet hat. Sie wollte immer schon ins Ausland gehen, Journalismus betreiben, der wirklich etwas verändert. Der etwas bewegt.
Eine Stelle an der Uni.
Die Zeilen verschwimmen vor ihren Augen. Verzweifelt blinzelt sie, aber die Tränen haben sich schon zu weit vorgedrängt. Ihre Augen gehen über und ein dicker Tropfen platscht träge auf den Brief. Genau unter den grünen Wirbel des Wappens. Das Papier wellt sich und zieht die Buchstaben feucht in die Länge. Der Stempel der Uni verschwimmt, aber die Worte darüber bleiben klar und deutlich zu lesen: „*Start: September.*“

KAPITEL 20

Gaya ist heute mit dem Abräumen dran. Sorglos knallt sie die Suppenteller aufeinander und trägt sie in die Küche. Es scheppert. Sirup hat das Gulasch bis unter die Augen im Gesicht verschmiert. Er leuchtet orange wie ein Kürbis.

„Mund und Hände waschen", ruft Schwester Rosa und schiebt Eilis auch schon hinaus.

Kaum haben wir hinuntergeschluckt, müssen wir beten, und kaum haben wir „Amen" gesagt, läuft sie auf und ab und kommandiert. Ich verschränke die Arme und schaue auffordernd zu Sirup hinüber. Der kratzt an der Gulaschkruste unter seiner Nase.

„Habt ihr Tomaten auf den Ohren?", tönt es vom Gang.

Tiko kichert und hopst vergnügt zur Tür hinaus.

„Doch keine Tomaten!", ruft sie lachend. Fast im selben Moment stößt sie einen schrillen Schrei aus. Sirup springt auf und stolpert auf den Gang.

„Es ist doch nur Ana", höre ich ihn verwundert sagen. Mein Bein verhaspelt sich im Tischtuch. Ein Becher fällt um. Ich bin nicht schnell genug.

„Hände waschen, Marsch!", bellt Schwester Rosa – und noch lauter: „Schwester Miki!" Dann knallt die Bürotür. Hinter der Wand schleifen Sessel quietschend über den Boden, murmeln gedämpfte Stimmen. Ich trete gleichzeitig mit Schwester Miki auf den Gang hinaus. Sie läuft aus der Küche, bleibt kurz ratlos stehen, schaut zu Eilis, die vorne vor dem Badezimmer steht, sieht von mir zu Sirup zu Tiko. Tiko starrt zurück, mit großen, erschrockenen Augen. Schwester Miki kniet nieder und nimmt sie in den Arm. Tiko schlingt ihre Arme um Schwester Mikis dünnen, weißen Hals und vergräbt ihr Gesicht in einer Schürzenfalte.

„Kommt", sagt Schwester Miki. Sie sieht Sirup und mich an, während sie Tikos Hinterkopf streichelt. „Wir gehen jetzt Mund waschen."

Bis zum Abend wissen wir nicht, was los ist. Schwester Rosa und Ana bleiben eine Ewigkeit im Büro. Schwester Miki denkt sich eine Aufgabe nach der nächsten aus, um uns von dort fernzuhalten. Gaya muss alle Teller noch einmal ausräumen und die Regalbretter in den Küchenschränken wischen. Tiko und Eilis müssen Klopapierrollen verteilen, frische Handtücher ins Bad hängen und die Wäsche zusammenlegen. Sirup und ich müssen den Müll rausbringen, dann unsere Hände waschen und unsere Kleiderschränke in Ordnung bringen. Schwester Miki bestimmt.

Niemand protestiert.

Die Bürotür knallt, als Sirup gerade seine T-Shirts auf den Bettvorleger pfeffert. Er lässt sie dort liegen und rennt.

Ich bin mir nicht sicher, ob ich aus dem Zimmer gehen will oder nicht.

Aber da ruft uns schon Schwester Rosa.

Ich bin der Letzte, der auf den Gang kommt.

Sie stehen alle hier herum, als würden sie auf etwas warten. Ana reibt sich dann mit den Händen das Gesicht. Sie hat seltsame rötlich-blaue Ringe um die Augen. Ich stelle mich hinter Gaya. Sie knetet ihre Finger und starrt auf ihren wippenden Zeh.

„Wir bleiben in Kontakt“, sagt Schwester Rosa gerade. „Wenn alles etwas klarer ist, reden wir weiter.“
„Kommst du am Wochenende wieder?“, fragt Tiko schüchtern.
Ana öffnet den Mund, aber es kommt nur ein trockenes Husten.
„Ich weiß einfach gerade nicht, was ich tun soll“, sagt Ana schließlich mit erstickter Stimme. „Ich komme dich auf jeden Fall weiterhin besuchen.“ Sie hebt eine Hand, um sie Tiko auf den Arm zu legen. Tiko zuckt zurück.
Da stampft Gaya neben mir mit dem Fuß auf.
„Ihr macht alles kaputt!“, schreit sie, die Hände zu Fäusten geballt. Sie läuft ins Mädchenzimmer und drischt die Tür hinter sich zu. Anas Nasenflügel beben.
„Ich glaube, ich habe euch vorhin unterbrochen“, sagt Schwester Rosa ruhig. „Geht bitte alle zurück an eure Arbeit und erledigt die Aufgaben, die euch Schwester Miki gegeben hat, vor dem Abendessen.“ Sie hebt eine Augenbraue und nickt Richtung Tür. Schwester Miki löst Eilis’ Bremsen. Gehorsam stehen alle auf.
„Du bleibst hier, mein Schatz“, sagt Schwester Rosa schnell und hält Tiko zurück. „Wir werden besser noch ein bisschen reden.“

Ich wälze mich auf die andere Seite und gleich darauf wieder zurück. Unablässig pfeift Sirups Atem. Ich kann nicht einschlafen, aber ich bin zu müde, um hinüberzugehen und ihm die Nase zuzuhalten. Meine Hüfte tut weh.
Im Haus ist alles ganz still. Vielleicht beten die Schwestern noch, aber die Kapelle ist zu weit weg, um etwas zu hören. Ich frage mich, ob Tiko schon schläft. Es macht mich so traurig, wenn ich ihre enttäuschten Augen sehe. Gaya hat Recht. Immer machen die Erwachsenen alles kaputt. Zuerst wollen

sie uns Tiko wegnehmen und dann nehmen sie Tiko ihre Freude. Und niemand erklärt uns, was eigentlich los ist.
Es wird Zeit, dass ich von hier wegkomme.
Morgen ernte ich.

Die meisten Tomaten sind schon gelb oder orange. Ich drehe sie vorsichtig, drehe so lange, bis sie sich von der Staude ablösen. Sie sind hart.
Ich lege sie nebeneinander auf das Tablett, die grünen Nabelpunkte nach oben in die Sonne. Das Tablett ist fast voll. Das wird viel Geld geben. Sicher genug für die Fahrkarte. Eigentlich bin ich schon müde, aber eine Staude fehlt noch. Die allerletzte. Das schaffe ich.
Der aufgeschnittene Plastikkanister mit der Staude steht genau unter Schwester Rosas Bürofenster. Sie hat gesagt, das macht nichts. Sie mag den Geruch der Tomatenblüten, hat sie gesagt. Schwester Miki hat mir geholfen, die schwächsten Pflanzen umzusetzen, damit sie besser geschützt sind. Hier haben sie genug Sonne und der Wind kann ihnen nichts anhaben.
Schwester Rosas Fenster ist einen Spalt offen. Die Schwestern haben Dienstbesprechung. Normalerweise machen sie das, wenn wir in der Schule sind. Damit wir nicht stören. Aber jetzt sind Ferien. Sie müssen sicher viel besprechen. Tiko ist so traurig seit letzter Woche, dass sie gar nicht mehr spielen mag. Sie sitzt nur da und starrt vor sich hin oder sie zeichnet blaue Bilder mit ihren Mäuse-Ölkreiden.
Ich schleiche mich an die Staude heran und stelle das Tablett in Zeitlupe am Boden ab. Nur kein Geräusch machen. Schwester Rosa hat gesagt, sie will nichts von uns hören, bis sie und Schwester Miki wieder aus dem Büro herauskommen.

Die Tomaten hier sind viel gelber als die anderen im Garten. Vielleicht haben sie doch zu wenig Erde in den Kanistern? Ich suche die Staude sorgfältig ab. Da steige ich mit der Ferse auf das Tablett und es schießt in die Höhe und knallt mit einem lauten Scheppern wieder auf den Beton zurück. Die Tomaten rollen auf den Boden, bis unter die Sitzbank. Ich lasse mich schnell auf alle Viere fallen und sammle sie wieder ein. Angestrengt horche ich zum Fenster hinauf. Hoffentlich regt sich Schwester Rosa jetzt nicht auf.
Aber sie reden. Es klingt ganz normal. Ich kann sogar verstehen, was sie sagen.
„Die Therapie scheint zu greifen", sagt Schwester Miki gerade. „Seit wir die Massagepunkte geändert haben, ist sie in der Früh schmerzfrei. Immer noch stark verspannt, aber schmerzfrei."
„Mir ist das auch aufgefallen", sagt Schwester Rosa. „Ich habe das Gefühl, sie sitzt jetzt besser im Rollstuhl. Der Nacken ist entspannter."
„Schön", meint Schwester Miki erfreut.
„Sonst noch etwas?", fragt Schwester Rosa.
„Zu Eilis habe ich alles gesagt, was ich mir notiert habe", antwortet Schwester Miki nach einer kleinen Pause.
„Gut", seufzt Schwester Rosa. „Hovanes."

Ich zucke zusammen, als sie meinen Namen sagt. Hat sie mich gehört? Oder gesehen?
Ich überlege, ob ich weglaufen soll. Da fängt Schwester Miki wieder an zu sprechen.
„Ehrlich gesagt mache ich mir große Sorgen um ihn", sagt sie. „In den letzten Tagen ist er ganz in seiner Traumwelt versunken. Und ich habe keine Ahnung, wie wir ihn da wieder rausholen sollen."
„Hast du schon mit ihm gesprochen?", fragt Schwester Rosa.

„Ich habe es versucht“, sagt Schwester Miki. „Aber ich bin nicht wirklich durchgekommen.“
Ich glaube, sie klopft mit irgendetwas auf den Tisch. Vielleicht mit ihrer grünen Füllfeder.
„Zuerst habe ich mich gefreut, dass er jetzt so eifrig im Garten arbeitet“, sagt sie durch das Klopfen hindurch. „Ich dachte, das tut ihm gut.“
„Ja“, meint Schwester Rosa. „Das dachte ich auch.“
„Aber so, wie es jetzt ist, schadet es ihm mehr, als es etwas nützt“, sagt Schwester Miki. „Ich habe versucht, ihm zu erklären, dass das Geld fürs Gemüse nicht reichen wird für eine Fahrkarte nach Italien.“
„Mit seinem Verständnis von Zahlen und Mengen wird er das nicht verstehen“, seufzt Schwester Rosa. „Das müsste er dir glauben.“
„Er hat total abgeblockt“, sagt Schwester Miki. „Ich habe ihm noch gesagt, dass er keinen Pass hat und dass er als Minderjähriger ohne Begleitperson gar nicht ins Ausland fahren darf. Aber du kennst ihn ja. Er hat sich umgedreht und ist zu den Kaninchen gegangen.“

Ich will das nicht hören. Ich presse die Augen zusammen und halte mir die Ohren zu. Aber ihre Stimmen dringen durch meine Hände durch. Ich höre sie trotzdem, ganz leise.
„Wir müssen ihn auf jeden Fall schnell auffangen“, meint Schwester Rosa. „Bevor er sich noch mehr in diese Sache verrennt. Ich fürchte nur, ich kann da im Moment nicht viel machen. Mit mir steht er auf Kriegsfuß.“
„Wir müssen ihn wieder mehr in unsere Gemeinschaft integrieren“, sagt Schwester Miki. Papier raschelt, etwas kratzt. „Ich habe mir schon Gedanken gemacht. Ich will ihm kleine Aufgaben übergeben. In der Küche, in meiner Nähe. Dann kommt er aus dem Garten raus.“

Ich will weglaufen. Aber meine Beine zittern. Alles zittert. Und die Tomaten drehen sich.
„Und er soll sich ein bisschen um Tiko kümmern", ruft Schwester Rosa. „Tiko muss ständig beschäftigt sein. Sie braucht jetzt viel mehr Zuwendung, als wir beide ihr geben können. Aber eine weitere Bezugsperson würde sie völlig durcheinanderbringen."
„Da passt Hovanes perfekt", meint Schwester Miki.
Ich rapple mich auf und laufe zum Tor. Sie haben es offen gelassen. Für die Müllabfuhr. Ich dränge mich an den stinkenden Abfalleimern vorbei und stürze hinaus auf die Straße. Ich will weg hier. Ich lasse mir das nicht länger gefallen. Sie können nicht über mich bestimmen. Und sie können mich hier nicht einsperren.
Ich fahre nach Italien. Und die Schwestern können nichts dagegen tun.

Das Astloch drückt sich spitz gegen meine Wirbelsäule. Ich strecke den Nacken und presse meinen Rücken noch fester gegen den Stamm des Apfelbaums. Es soll weh tun. Vielleicht kann ich dann schreien. Ich spüre, wie die scharfe Rinde meine Haut ritzt. Ich wetze auf dem Ast hin und her. Ein Schnitt. Von der Wirbelsäule nach außen. Mein T-Shirt ist gelb. Sie werden das Blut sehen.
Sollen sie ruhig. Vielleicht tut es ihnen dann leid. Dass sie mich anlügen. Dass sie mich einsperren. Dass sie sich heimlich Aufgaben ausdenken für mich, um mich von meinem Gemüse fernzuhalten. Damit ich es nicht verkaufen kann. Damit ich kein Geld bekomme für meine Fahrkarte. Damit ich nicht zu Sandro kann und für immer hierbleiben muss, bei ihnen.
Was haben sie davon? Was hilft es ihnen, wenn ich unglücklich bin? Ich habe meinen Platz gefunden. Ich werde nach Italien fahren. Egal, was passiert. So einen Pass werden sie mir schon

besorgen, wenn ich erst das Zugticket habe. Dann bleibt ihnen gar nichts anderes übrig.
Ich werde einfach noch härter arbeiten. Ich werde alle Aufgaben erledigen, die die Schwestern mir geben, und ich werde mich um Tiko kümmern und den Garten mache ich davor und danach und zwischendurch. Dann bin ich beschäftigt. Genau, wie sie es wollten. Und in ein paar Wochen bin ich weg. Dann sollen sie sich einen anderen Dummen für ihre blöden Aufgaben suchen.
Plötzlich fühle ich mich viel leichter. Ich habe einen Ausweg gefunden. Jetzt kann nichts mehr passieren. Ich drehe den Kopf und lege das Gesicht auf das weiche Moos.

KAPITEL 21

Die Tür knallt.
Ich möchte schlafen. Schwester Miki hat mich die Arbeitsflächen in der Küche wischen lassen. Alle. Ich will jetzt endlich meine Ruhe haben.
Aber Sirup läuft.
Immer hallen seine Schritte.
Immer knallt er mit den Türen.
Ich bin so müde.

„Hovanes?", ruft Schwester Rosa und klopft. Sie meint das Klopfen nicht ernst. Die Tür ist schon offen, da hat sie noch gar nicht fertig geklopft.
„Hovanes? – Bist du krank?"
Ihr macht mich krank. Ich will endlich meine Ruhe, aber darum kümmert sich niemand. Das ist euch völlig egal.
Ich schüttle den Kopf.
„Sirup braucht frische Luft", sagt Schwester Rosa. Sie schaut mich an. Es ist der Tu-etwas-Blick.
Was soll ich bitte tun? Sirup Luft zufächeln?
Schwester Rosa seufzt. „Kannst du bitte mit ihm spazieren gehen? Nur zehn Minuten. Das wäre lieb von dir, Hovanes."
Der Plan war doch, dass ich auf Tiko aufpassen soll. Nicht auf Sirup. Soll ich jetzt alle hier übernehmen?
Ich will rasten. Sirup rastet aus.

Ich will meine Ruhe. Sirup ist laut.
Er läuft. Ich kann nicht laufen.
Das wäre lieb von dir, Hovanes. Das kenne ich. So, wie sie das gesagt hat, mit meinem Namen am Ende, darf ich nicht nein sagen. Ich muss das tun.
„Außerdem sollt ihr am Vormittag nicht schlafen", setzt Schwester Rosa streng hinzu.
Wieder dieser Befehlston.
Ich rolle aus dem Bett. Den Blick starr nach vorne gerichtet, gehe ich an ihr vorbei.

Das Tor schwingt auf und ich hänge mir den Schlüssel um den Hals.
„Ich hab noch was vergessen", ruft Sirup. Er dreht auf der Ferse um und rennt zurück zum Haus. Die Steine spritzen unter seinen Schuhen weg in alle Richtungen. Sie fliegen gegen die Hauswand und in die Hecke und ins Gras. Davon wird der Rasenmäher kaputt.
Zuerst muss ich aus dem warmen Bett und jetzt muss ich auch noch warten. Die Wolken hängen so tief, dass es richtig nebelig ist. Wahrscheinlich hängen sie genau über unserem Haus. Und nur da. Am liebsten würde ich wieder zurückgehen. Ich zähle unsere Namen. Ganz langsam. Sandro, Tiko, Eilis, Lucine, Gaya ...
Da kommt Sirup zurück. Er hält etwas in der Hand. Hinter ihm läuft Tiko um die Ecke.
„Ich will mit", quiekt Tiko.
Ich schüttle den Kopf. Nein. Das will ich nicht. Das ist zu viel. Zwei sind echt zu viel. Ich will meine Ruhe.
„Bitte, Hovanes, bitte!", fleht Tiko und hängt sich an meinen Arm. „Ich bin auch ganz brav!"
Ich zucke mit den Schultern. Eigentlich ist es mir egal. Soll sie mitgehen. Sie hat ja zwei gesunde Beine.

„Komm, Sirup!“, zwitschert Tiko und rennt durchs Tor. „Wir gehen runter zum Bachweg!“
Ich sperre hinter mir zu.

„He, habt ihr das gesehen?“, ruft Sirup und springt vom Weg ins Feld. „Da war ein Fisch! Der ist voll aus dem Wasser gesprungen! Den muss ich ...“
„Schwester Rosa hat gesagt, wir dürfen nicht zum Bach“, ruft Tiko schnell.
Ich halte ihn am Ärmel fest.
„Spiel dich nicht so auf“, knurrt Sirup und reißt sich los. Aber er bleibt da. Er bleibt auf dem Weg und kickt Steine ins Feld. Da wird der Pflug kaputt.
Es ist ganz still. Bis auf das KLANK und KLONK der Steine.
Wir gehen so dahin.
Eigentlich tut es ganz gut, in der kühlen Luft spazieren zu gehen. Nach all den Hitzetagen. Die Wolken sprühen klitzekleine Tropfen auf meine Haut. Kleiner als Tränen. Kleiner als Schweiß.

Im Graben neben dem Weg sitzt ein Frosch. Vielleicht ist es auch eine kleine Kröte. Dunkelbraun mit gelben Flecken. Ich hocke mich auf den Weg, ganz nahe. Ich würde mich gerne besser auskennen. Wissen, ob das ein Männchen oder ein Weibchen ist.
Tiko ist sicher begeistert von dem Tier. Sie sollte sich das genau ansehen. Hoffentlich will sie es nicht gleich mit nach Hause nehmen und in ihr Puppenbett legen. Aber egal. Ist ja dann nicht mein Problem, sondern das der Schwestern.
Ich richte mich auf und sehe mich nach Tiko um. Sie steht mit dem Rücken zu mir und schaut in Richtung Bach. Ich tippe ihr auf die Schulter.
„Sirup hat sich doch den Fisch angeschaut“, flüstert Tiko.

Mein Herz setzt kurz aus und hämmert gleich darauf so stark gegen meine Rippen, dass ich die Hand draufhalten muss. Meine Hand ist ganz kalt.
Langsam steigt Panik in mir auf.
Ich kann Sirup nicht sehen.
„Er kann nicht schwimmen", flüstert Tiko.
Er kann nicht schwimmen Sirup kann nicht schwimmen nicht schwimmen nicht schwimmen ... Die Worte hämmern in meinem Kopf, aber mein Herz hämmert lauter und ich kann mich noch immer nicht bewegen. Sirup kann nicht ... Oh bitte, lieber Gott – Sirup kann doch nicht ...
Endlich bewegen sich meine Beine. Endlich knicken die Knie ein. Nicht so stark, dass ich auf den Boden falle. Nur so weit, dass ich einen Schritt machen kann. Zuerst einen und dann einen zweiten und auf einmal laufe ich und das Ufer kommt immer näher.

Sirup liegt auf dem Bauch und strampelt mit Armen und Beinen. Manchmal hebt er den Mund aus dem Wasser. Dann schreit er. Es sind keine Worte. Er schreit wie ein Tier. Wie die Katzen in der Nacht.
Er müsste sich nur hinknien. Er müsste sich nur mit den Händen am Grund abstützen und die Arme durchstrecken. Er müsste nur den Kopf ganz in den Nacken legen. Dann könnte er atmen. Das Wasser ist nicht tief.
Aber Sirup liegt da und gurgelt und rudert mit den Armen halb im Wasser, halb in der Luft. Und das Wasser ist kalt. Zu kalt, um barfuß darin zu stehen.
Wir wissen das alle.
Er hätte nicht hineinfallen dürfen. Das Wasser ist verboten.

Tiko steht noch immer stocksteif oben am Weg. Mit offenem Mund starrt sie zu uns herunter.

So schnell ich kann, laufe ich zu ihr hinauf und nehme sie an den Schultern. Ich drehe sie um, schiebe sie in Richtung Straße und zeige auf das Haus der Schwestern. Sie muss Alarm schlagen. Sie muss Hilfe holen. Ich kann nicht selber laufen. Jemand muss bei Sirup bleiben. Tiko kann ihn nicht herausziehen. Sie ist zu klein. Sie ist zu schwach. Sie soll nicht weinen müssen.
Tiko sieht mich erschrocken an. Ihre Augen sind ganz schwarz. Ich gebe ihr einen Schubs und sie läuft über die Straße in Richtung Haus. Ihre dicken kleinen Beine wirbeln über den Schotter. Sie wird immer schneller.

Die Schritte entfernen sich. Werden immer leiser. Bis es ganz still ist um mich. Mir ist kalt. Meine Zähne beginnen zu klappern. Es hallt in meinem Kopf. Ich verstehe nicht, warum es so still ist.
Da schreit Sirup wieder. Viel lauter als zuvor. Ich wirble herum und stolpere zurück zum Bach. Überall sind Erdlöcher und Steine, die mich nicht vorankommen lassen. Ich sollte viel schneller sein. Ich hätte schon vorher loslaufen müssen.
Sirup schreit so laut.
Sirup wird sterben.
Lieber Gott, bitte hilf mir. Es tut mir so leid. Alles tut mir leid. Ich weiß nicht, was ich tun soll.
Plötzlich bleibt mir die Luft weg. Ich spüre, wie ich falle. Meine Kiefer prallen aufeinander und ein stechender Schmerz fährt durch mein Handgelenk. Meine Zunge schmeckt nach Metall. Ich rapple mich auf und schaue über meine Schulter zurück. Da liegt ein Stock. Ich bin über einen Stock gestolpert. Ohne zu überlegen, packe ich das Stück Holz und krieche auf allen Vieren das letzte Stück bis zum Ufer. Meine Hände brennen. Ich blute. Blut darf nicht schmutzig werden. Schwester Rosa wird schimpfen.

Ich knie mich hin und halte den Stock in den Abgrund. Mit dem einen Ende stupse ich Sirup in den Rücken, das andere halte ich fest mit beiden Händen. Meine Finger verkrampfen sich. Sirup strampelt und gurgelt.
Er hebt den Kopf nicht.
Er sieht den Stock nicht.
Verdammt, er soll schauen! Ich nehme mein Ende noch fester und stoße Sirup damit gegen die Hand. Ein Mal, zwei Mal ... Endlich begreift er. Er greift nach dem Stock. Meine Hände brennen wie verrückt, als er sich an dem Stück Holz nach oben zieht. Ich stemme die Knie in den Boden und lasse mich mit meinem ganzen Gewicht nach hinten.
In meinen Ohren rauscht es. Nur nicht aufgeben. Nur nicht auslassen.

Da werde ich zur Seite geschleudert. Der Stock rutscht mir aus der Hand. Ein Mann mit langen Gummistiefeln springt in den Bach und packt Sirup unter den Achseln. Er hebt ihn hoch und lehnt ihn gegen die Uferböschung. Sirup lehnt da, als würde er sich ausruhen. Oder einen Fisch beobachten. Nur, dass er nichts sehen würde so, mit geschlossenen Augen.
Erschöpft liege ich im Dreck und schaue zu Sirup und dem Mann hinunter. Es ist der Bauer, dem das Feld gehört.
„So nimm ihn doch, um Himmels willen!", brüllt der Bauer mir zu.
Ich krieche zurück zum Ufer und nehme Sirup unter den Achseln, wie ich es gerade gesehen habe. Der Bauer springt aus dem Wasser und gemeinsam ziehen wir Sirup zu uns herauf. Er hat ganz blaue Lippen und zittert wie verrückt.

„Sirup!", kreischt eine Stimme hinter mir. Schwester Miki und Schwester Rosa rennen den Schotterweg herunter. Völlig außer Atem kommen sie bei uns an.

„Gott sei Dank!“, stößt Schwester Rosa hervor. „Er lebt.“ Sie fällt neben Sirup auf die Knie. „Ich weiß gar nicht, wie ich Ihnen danken soll“, sagt sie zum Bauern.
Schwester Miki steht mit geballten Fäusten da und starrt in Sirups bleiches Gesicht. Tränen laufen ihr die roten Wangen hinunter.
„Was ist los mit dir!“, schreit sie mich plötzlich an. „Kannst du denn nicht aufpassen? Und warum hast du Tiko mitgenommen? Warum hast du sie alleine über die Straße geschickt? Sie hätte überfahren werden können! Und Sirup ...“
„Dafür ist jetzt keine Zeit“, unterbricht sie der Bauer. „Der Bursche muss so schnell wie möglich ins Warme. Und er muss aus den nassen Sachen raus. Sonst holt er sich eine Lungenentzündung.“
„Wir haben den Notarzt gerufen“, sagt Schwester Rosa. „Er müsste jeden Moment ...“
Da heult auch schon die Sirene und alle drehen sich um und schauen dem Notarzt-Wagen entgegen. Der Wagen hält am Weg. Meine Augen flimmern. Ich sehe überall Schatten. Der Notarzt öffnet die Heckklappe und holt eine Trage heraus. Alles geht so schnell. Sie wickeln Sirup in eine Folie und verladen ihn ins Auto. Schwester Miki setzt sich zu ihm nach hinten. Mit Blaulicht und Folgetonhorn brausen sie davon.

„Danke noch einmal“, sagt Schwester Rosa und schüttelt dem Bauern die Hand. „Bitte kommen Sie doch einmal vorbei, wenn Sie in der Nähe sind. Ich würde Ihnen gerne ...“, stammelt sie. „Ich meine ...“
„Ist schon gut“, murmelt der Bauer. „Passen Sie nur besser auf auf Ihre Bande.“
Er nickt mir zu, dann dreht er sich um und stapft davon.
Erst jetzt merke ich, dass ich noch immer auf der Erde knie. Langsam richte ich mich auf. Meine Gelenke schmerzen und

die Hände brennen wie Feuer. Ohne meine Wunden zu beachten, schiebt mich Schwester Rosa zurück auf den Weg. Dort lässt sie mich los.

„Ich hoffe nur, er übersteht das ohne gröbere Schäden“, sagt sie.

Dann setzt sie sich in Bewegung.

Ich sehe nicht, wohin sie geht.

Ich hinke einfach hinterdrein.

Sirup liegt in unserem Zimmer. In seinem Zimmer – ich darf nicht mehr hinein. Ich habe dort keinen Platz mehr. Ich habe überhaupt nirgends mehr einen Platz. Mich braucht niemand.
Ich habe gesehen, wie sie die Trage hineingetragen haben. Sein Gesicht ganz blass, seine Lippen blau. Ich hätte nicht gedacht, dass ein Mensch wirklich blaue Lippen bekommen kann. Ich hätte gerne seine Wange berührt, um zu sehen, ob sie kalt ist oder heiß. Ob er lebt. Sie haben mich aus dem Zimmer geschubst wie einen Mörder. Jetzt sitze ich hier am Gang und bin unsichtbar.

Die Tür geht auf und Schwester Rosa stürmt heraus. Ihre Gesundheitsschuhe quietschen, als sie um die Ecke biegt und den Gang hinaufhastet. Ich habe sie noch nie so schnell laufen sehen.
Mir wird schlecht.
Bis über die Nasenspitze mit einem Stapel Wolldecken beladen, schnauft Schwester Rosa an Tiko vorbei zurück ins Bubenzimmer.
Jetzt wickeln sie Sirup ein. So wie sie es mit Jesus getan haben. Sie haben ihn vom Kreuz genommen und in Tücher gewickelt. Da war er schon tot.
„Hör endlich auf damit!“, schreit Gaya. „Tu dir nicht selbst so leid.“ Sie funkelt mich böse an. „Entweder man stirbt gleich oder gar nicht. Und gleich ist er nicht gestorben.“
Da reißt etwas in mir. Ich fühle es zerreißen und ich springe auf, springe gegen Gaya, mit all meiner Kraft, und meine Hand krümmt sich zur Faust und sie explodiert und landet krachend in Gayas Schulter, genau auf dem langen Knochen darunter.
Gaya zuckt nicht. Ihre Augen verformen sich zu schmalen Schlitzen. Sie hebt eine Hand und sie trifft. Mit allen fünf Fingern in mein Gesicht. Dann dreht sie sich um und geht.

Ich stehe langsam auf und gehe in die Waschküche. Es riecht feucht und der Duft des Waschmittels liegt wie ein Schleier in der Luft. Wie von selbst dreht meine Hand den Schlüssel um. Wie von selbst drückt sie die schwere Tür auf. Meine Füße treten auf den Fußabstreifer draußen. Als die Tür ins Schloss fällt, beginnen meine Beine zu laufen.

Sie haben das Tor nicht zugemacht.

Erst als ich den Asphalt unter den Sandalen spüre, weiß ich, dass ich nicht mehr zurückkommen werde.

KAPITEL 22

Unregelmäßig werfen die Mauern der Häuser das Geräusch meiner Schritte zurück. Kabamm – fschchch – kabarramm – fschzchz – kakamm ... Kein Schritt gleicht dem anderen. Ich höre keinen Rhythmus.
Es ist nicht die Schuld der Mauern. Sie haben völlig Recht: Ich bin ein Krüppel. Und jeder einzelne Schritt erinnert mich daran.
Ich schlage den schmalen Weg am Ende der Straße ein. Zwischen dem Kies leuchten violette und gelbe Blüten. Tiko hat einmal gefragt, warum es Wege gibt und Pfade und was denn eigentlich der Unterschied ist zwischen beidem. Eilis hat es ihr erklärt: Pfade findet man. Wege führen weg. Weg von allem, was einem zu viel wird, weil man es zu gut kennt.

Die Leute sagen immer, wie gut wir es haben auf dem Land, weil sich alle kennen und sich grüßen und weil man sich gegenseitig hilft. Man kann einfach zur Nachbarin gehen und sich zwei Eier borgen oder Zucker. Wer kann das schon in der Stadt.
Ich kenne so ziemlich jeden hier im Ort. Die Kinder ein bisschen besser als die Erwachsenen. Von manchen weiß ich sogar mehr, als mir lieb ist. Die Bäckerin zum Beispiel, von der wir Semmeln holen, die zwei Mal pro Woche über die Kellertreppe fliegt und dann mit einem blauen Auge hinter der Theke steht. Und dabei haben sie nicht einmal einen Keller, sagt Gaya.

Die Frau von der Post trippelt an mir vorbei, mit ihren Stöcken und den blauen Wackelschuhen, die so gut für den Rücken sein sollen. Sie rückt ihr Neon-Stirnband zurecht und grüßt mich. Alle Leute grüßen mich, wenn sie mich sehen, und manchmal steckt mir jemand Süßigkeiten zu. Ich hebe sie auf und schenke sie Tiko. Das ist nämlich das Problem auf dem Land: Du glaubst, du kennst die Leute, weil du weißt, wie sie heißen und wo sie wohnen, und vielleicht weißt du sogar, wo sie arbeiten und was sie zum Frühstück essen. Aber du täuschst dich gewaltig. In Wirklichkeit hast du keine Ahnung von ihnen. Seit 13 Jahren lebe ich hier.
Und die wissen noch nicht einmal, dass ich Süßigkeiten hasse.

Die Schwestern haben immer gesagt, ich lebe bei ihnen, weil sie mich lieb haben. Deswegen haben sie mich zu sich geholt. Aber in Wirklichkeit ist es anders. In Wirklichkeit lebe ich bei den Schwestern, weil mich *sonst* niemand liebt. Und das ist ein großer Unterschied. Alle diese Leute kennen mich. Sie grüßen mich auf der Straße und ich weiß genau, wo sie wohnen, und ich könnte jetzt zu jedem von ihnen nach Hause gehen und fragen, ob ich bei ihnen schlafen kann. Aber niemand würde mich wollen.
Auf dem Weg, den ich gehe, legten sie mir Schlingen. Ich blicke nach rechts und schaue aus, doch niemand ist da, der mich beachtet. Mir ist jede Zuflucht genommen. Niemand fragt nach meinem Leben.

Der Weg wird schmaler und schmaler und plötzlich stehe ich beim Marterl, bei dem seltsamen Ölbild mit dem schwarzen Drachen und der blutigen Lanze, fest eingefasst in grauen Stein. Auf einmal weiß ich nicht mehr, wohin ich soll. Ich biege ab, umrunde das Marterl, schaue nicht zurück. Der Weg ist steil. Stufe für Stufe quäle ich mich die Felsen hinauf. Meine

Lungen stechen kalt. Aber ich bleibe nicht stehen. Ich muss hier weg.

Der Schweiß rinnt mir von der Stirn in die Augen. Ich wische ihn mit dem Handrücken weg, doch meine Hand ist selbst rutschig und nass. Das Salz brennt in den Augen und ich blinzle. Vor mir hängt ein Ast über den Weg. Ich halte kurz inne, bücke mich, krieche gebeugt unter dem Ast hindurch auf die andere Seite – und plötzlich bin ich da. Ein Schritt noch, dann stehe ich auf dem kleinen, spitzen Felsen, der den Gipfel markiert. Mein Atem geht stoßweise, der Schmerz in den Lungen wird stärker. Mir zittern die Knie, die Oberschenkel, die Waden. Selbst meine zerschundenen Hände zittern. Sie sind geschwollen. Die Blutkruste auf den Handflächen spannt. Erschöpft lasse ich mich auf den Boden fallen.

Ich kauere da wie ein verloren gegangener Hund, auf dem Berg, neben dem kleinen, selbstgezimmerten Gipfelkreuz und ich bin ganz alleine. Rund um mich nur Luft, weil ich der höchste Punkt bin. Ich spüre den Wind im Rücken und die untergehende Sonne auf dem Scheitel. Von hier führt kein Weg weiter, kein Weg weiter weg.
Ich komme mir so dumm vor.
Ich wollte frei sein.
Und jetzt hocke ich hier, in einer Sackgasse.
Verdammt, auf einem Berg! Mein Hals krampft. Ich kann nicht einmal schreien vor Wut. Ich bin zu behindert zum Schreien und zu behindert zum Weglaufen. Mir ist jede Zuflucht genommen. Niemand fragt nach meinem Leben. Ich bin ein armseliger Krüppel.

Ich ziehe mein T-Shirt aus, meine Sandalen, meine nassen Socken, die Jeans.

Vielleicht werden sie mich suchen, wenn ich bis zum Abendessen nicht zurück bin. Zuerst werden sie zum Bahnhof laufen. Sie werden den Bahnhofsvorsteher fragen, wann der letzte Zug nach Italien gegangen ist. Sie werden im Zug anrufen und auf jedem Bahnhof auf der Strecke. Sie werden die Polizei rufen. Sie werden mit Hunden kommen.
Sollen sie ruhig.
Ich bleibe hier oben. Und bis sie mich gefunden haben, bin ich längst erfroren.

KAPITEL 23

Durch die geschlossene Zimmertür klingen alle Geräusche gedämpft. Ich höre Schwester Rosas Gesundheitsschuhe, Tikos Piepsstimme, ich höre Schwester Mikis Pfeifen aus der Waschküche und ihr Töpfeklappern aus der Küche, alles wie durch einen Wattenebel. Sonst ist es ruhig im Haus. Sirup ist noch zu schwach, um mit den Türen zu schlagen und Geschirr zu zertrümmern. Aber er ist mitten im Geschehen. Er ist arm und ich bin schuld. Er liegt mitten im Wohnzimmer und ist zufrieden.
Sirup hält es keinen Moment aus alleine in einem Zimmer. Wenn er nicht alles mitbekommt, damit er dann alles weiß, damit er dann alles weitererzählen kann. Die Schwestern haben ihn auf dem Sofa aufgebahrt. Mit einer großen Thermoskanne Tee auf dem Beistelltisch. Und einer Wärmflasche.

Jetzt thront er dort und ich habe das Zimmer für mich alleine. Ich habe keinen Schlüssel. Aber es kommt sowieso niemand herein. Warum auch.

Es klingelt. Ich vergrabe mich tiefer in meine Bettwäsche, krieche in die Falten zwischen Leintuch und Matratze. Es ist Lucine. Ich erkenne sie an der Art, wie sie an die Wohnzimmertür klopft, mit vier Fingern, jeder schön nach dem anderen, wie jemand, der mit den Fingern auf den Tisch trommelt.

„Na, Sirup?“, sagt Lucines Wattestimme munter. „Wie geht es dir, alter Matrose?“
Sirup quiekt, so laut, als läge er doch neben mir, in seinem Bett.
„Wenn Sirup ein Matrose ist, braucht er noch ein Boot!“, ruft Tiko. Sie lachen. Sie machen die Tür zu. Es ist still.
Sie hätten mich sterben lassen sollen. Ihnen wäre es ohnehin egal gewesen und mir ginge es jetzt besser.

Es ist schon dämmrig. Der Herbst ist so plötzlich gekommen. Von einem Tag auf den anderen. Ich wünschte, es wäre schon Winter. Dann könnte ich hinausgehen und mich in den Schnee legen.
Meine Blase tut weh. Ich versuche, ganz flach zu atmen, mich nicht zu bewegen. Ich mache mich leicht.
Schritte draußen auf dem Gang. Vor meiner Tür halten sie still. Für einen kurzen Moment bewegt sich die Klinke. Nur ein Blinzeln lang. Hastige Gesundheitsschuhe. Flüstern. Die Klinke schnellt das Ministück zurück.
Die Schritte entfernen sich. Die Gesundheitsschuhe schlurfen hinterher.
Es ist mir egal. Ich will sie sowieso nicht sehen. Ich will niemanden sehen.
„Bis bald!“, ruft Lucine. Dann fällt die Haustür ins Schloss.
Mein ganzer Körper ist eine Gänsehaut. Ich rolle vorsichtig aus dem Bett, schleiche auf den Gang hinaus, husche aufs Klo. Ich halte es kaum mehr aus ... Während ich die Pyjama-Hose aufschnüre, presse ich die Augen fest zusammen. Dann lasse ich mich auf die Klobrille plumpsen. Ich lasse los, entspanne mich und mir wird warm. Ich werde hier bleiben, bis die anderen mit dem Abendessen fertig sind.

Ich habe länger geschlafen, als ich dachte. Es ist dunkel draußen, aber das sind wohl nur die Wolken, der Regen. Schwester Miki kocht schon und Gaya streitet mit Schwester Rosa. Sie hat anscheinend alle ihre Kleider aufs Bett geworfen und will jetzt nicht aufräumen. Mir ist kalt. Die aufgebrachten Stimmen aus dem Mädchenzimmer kriechen zu mir unter die Bettdecke.

„Ich lege sie zusammen", ruft Eilis dazwischen. „Ich mache das gerne!"

„Kommt gar nicht in Frage", bellt Schwester Rosa. „Das macht Gaya selber. Und zwar dalli!"

„Bittedanke!", brüllt Gaya. Etwas fällt zu Boden. Ich ziehe mir die Decke bis zu den Augen hoch. Jemand rüttelt an der Tür. Ich will nicht, dass Schwester Rosa hereinkommt. Sie sollen draußen streiten. Ich will meine Ruhe. Die Klinke klappt nach unten, schnellt mit einem lauten Geräusch wieder nach oben, die Tür schwingt auf, knallt gegen den Kleiderschrank, schwingt zurück. Sirup springt ins Zimmer. Die Tür fällt hinter ihm lahm gegen das Schloss, dröhnt blechern, wippt, bleibt halb offen stehen.

„Guten Tag", sagt Sirup mit einer leichten Verbeugung. Er kichert, kommt zu mir, lässt sich auf die Bettkante fallen.

„Mir geht es wieder gut", grinst er, während er blaue Fussel aus dem Spannleintuch zupft.

Er wird Löcher hineinmachen.

„Du hast hier eine richtige Höhle", meint Sirup. „Immer unter der Decke." Nachdenklich sieht er aus dem Fenster. „Es regnet schon tagelang", sagt er leise. „Gut, dass sie dich so schnell gefunden haben."

Der Regen würde mir nichts machen. Ich wäre schon tot. Und alles ist besser, als wieder hier zu sein.

Traurig schüttelt Sirup den Kopf.

„Hovanes", sagt Sirup. „Es war nicht deine Schuld." Er knetet meine Bettdecke. Kalte Luft strömt in meine Höhle. Ich ziehe ihm die Decke weg und rolle mich in sie ein.
„Ich kann nicht schwimmen", sagt Sirup. „Blöd, was?" Er kichert.
Mein Hals krampft. Es zieht.
„Richtig behindert", sagt Sirup. Er schlägt auf die Decke, irgendwo zwischen meiner Schulter und der Hüfte und lacht. Von dem Schlag bleibt mir einen Moment lang die Luft weg. Als sie zurückkommt, strömt das Lachen wie von selbst aus mir heraus. Es röchelt ein bisschen und es dröhnt laut in meinen eigenen Ohren. Erschrocken zwinkere ich das Lachen weg. Sirup beißt sich auf die Lippen. Er strahlt mich an, klopft noch einmal auf die Matratze und steht auf. An der Tür dreht sich Sirup noch einmal um.
„Spinn nicht herum, Hovanes", sagt er ernst. „Alle steh'n auf dich."

Niemand sagt etwas, als ich mich zum Tisch setze. Eilis spricht das Tischgebet und Schwester Miki teilt die Suppe aus. Ich nicke ein Dankeschön, die Augen in der Suppe. Nach dem Essen gehe ich wieder zurück ins Bubenzimmer. Ich sitze an meinem Schreibtisch, einen Bleistift in der Hand und starre aus dem Fenster. Ich habe das Gefühl, schon sehr lange hier zu sitzen. Wer hat die Hasen gefüttert in all den Tagen?
Es klopft. Nach einem kleinen Moment geht die Tür auf.
„Hovanes?", sagt Schwester Miki. „Darf ich reinkommen?"
Mein Herz schlägt schneller. Ich drehe mich zur Tür um.
„Bei der Post war etwas für dich dabei", sagt Schwester Miki und macht einen Schritt ins Zimmer. „Ich dachte, du freust dich vielleicht."

Das Kuvert in ihrer Hand ist weiß mit blau-roten Streifen am Rand. Es hat riesige Briefmarken drauf. Blaue und graue.
Ich reiße das Kuvert auf und ziehe ein dünnes Blatt Papier heraus. Es knistert, als ich es auseinanderfalte. Die Schrift ist zierlich und etwas schräg und sie verschwimmt vor meinen Augen. Ich lege das Blatt auf den Tisch und schiebe es zu Schwester Miki hinüber.
„Italienisch", murmelt sie. „Soll ich für dich übersetzen?"
Ich schlucke durch die Verengung in meiner Kehle und nicke.
Schwester Miki nimmt Sirups Stuhl und schiebt ihn neben meinen.
„Lieber Hovanes", liest sie, runzelt die Stirn und macht eine Pause. „Ich bin gut zu Hause angekommen. Meine Frau hat sich sehr gefreut – über mich natürlich und über das Kreuz, das du für sie gezimmert hast. Es hängt jetzt neben ihrem Bett."
Schwester Miki sieht mich erstaunt an. „Du hast ein Kreuz gezimmert, Hovanes? Ich wusste ja gar nicht, dass du ..."
Ich wische ihre Bemerkung ungeduldig mit der Hand weg. Sie soll weiterlesen.
„So denken wir jeden Tag an dich, lieber Hovanes. Ich habe meiner Frau das Foto gezeigt, auf dem wir gemeinsam den Schuppen streichen, damit sie genau weiß, an wen sie denken soll. Es geht mir gut hier, Hovanes, aber eines kannst du mir glauben: Der Abschied ist mir nicht leichtgefallen. Ich vertraue darauf, dass wir uns bald wieder sehen. Bis dahin bin ich täglich in Gedanken bei dir. Vielleicht denkst du an mich, wenn du die Kaninchen fütterst.
In Liebe, dein Freund Sandro."
Ich kann nicht mehr atmen. Sanft legt Schwester Miki die Hand in meinen Nacken.
Mein Kopf sinkt wie von selbst auf ihre Schulter. Und die Tränen kommen ganz von alleine.

Ich sitze im Wohnzimmer vor dem ausgeschalteten Heizkörper und lasse mich von den Geräuschen überschwemmen. Sirup läuft am Gang auf und ab und wirft seinen Gummiball gegen die Wände. Gaya sitzt am Teppich in einem Meer von kleinen Karten und lässt sich von Eilis dirigieren. Sie legen eine Harfen-Patience. Zumindest sieht es von hier so aus. Aus dem Radio klingt Gayas Lieblings-CD. Der größte Gospel-Chor des Landes bei einem Konzert im Dom. Dass die Hälfte davon Weihnachtslieder sind, stört gar nicht. Irgendwie passt es zu dieser kalten, verregneten Woche.

„Im – Namen – des – Vaters!", hallt es plötzlich durch den Gang. „Und – des – Sohnes!"

Es ist Tikos Piepsstimme, wie durch ein Megaphon verstärkt.

„Bist du verrückt?", kreischt Sirup dazwischen. Tiko kichert.

Die Tür zum Wohnzimmer wird aufgestoßen. Tiko steht da, eingehüllt in die schmutzige Tischdecke von gestern, den Klobesen in der einen Hand, den Küchentrichter in der anderen.

„Und – des – Heiligen – Geistes", ruft sie durch den Trichter und stürzt sich auf Gaya und Eilis. „AMEN!" Sie schwenkt den Klobesen über dem Kopf und spritzt Wasser nach allen Seiten.

Mit einem wilden Schrei springt Gaya vom Boden auf.

„Ekel!", brüllt sie und reißt Tiko mit wutverzerrtem Gesicht den Besen aus der Hand. Sie packt Tiko grob am Handgelenk und beugt sich zu ihr hinunter, die Nasenspitze gefährlich nahe an Tikos Gesicht.

„Bist du irre?", fragt Gaya, die Augen zu bösen Schlitzen verzogen. „Monster du."

Tiko lässt den Trichter fallen und bricht in Tränen aus.

„Ich bin kein Monster!", schluchzt sie. „Ich bin ein Priester!"

Schwester Rosa stürmt ins Zimmer, die Lesebrille auf der Nase.

„Was soll denn das Theater?", bellt sie. Gaya lässt Tiko los, reicht Schwester Rosa wortlos den Klobesen und stampft an ihr vorbei zur Tür hinaus. Tiko wirft sich auf den Boden, ein schluchzendes Häufchen Tischtuch. Eilis schaut traurig auf die zerstörte Patience.

„Hilfst du mir, Hovanes?“, fragt sie leise. Ich rapple mich auf, um die Karten vom Boden aufzulesen, da trampeln Sirups Füße knapp an meinen Fingern vorbei.

„Die Post ist da!“, ruft er und lässt einen Packen Papier auf den Tisch knallen. „Ich hab sie gleich hereingeholt!“

Schwester Rosa seufzt.

„Ich gehe mir die Hände waschen“, sagt sie ergeben. „Dann komme ich.“

Wir sitzen rund um den Tisch und helfen Schwester Rosa, die Post zu sortieren. Ich weiß, dass Sandro nicht jeden Tag schreiben wird. Aber irgendwie hoffe ich doch, dass wieder ein Brief von ihm dabei ist.

Niente.

Nur Werbung und Rechnungen.

„Oh!“, ruft Schwester Rosa plötzlich. „Schaut nur, wen ich im Gemeindeblatt gefunden habe!“ Sie hält uns die aufgeschlagene Zeitung hin. Ich brauche einen Moment, bis ich verstehe, was ich sehe.

„Was macht Eilis in der Zeitung?“, fragt Tiko.

„Warum haben die mein Foto?“, flüstert Eilis erschrocken.

„Das war auf deinem Lebenslauf“, sagt Schwester Rosa. „Weißt du noch? Wir mussten ihn an das Anmeldeformular heften.“

Ich verstehe gar nichts. Welches Formular?

„Und warum haben sie es jetzt in die Zeitung gegeben?“, fragt Eilis unsicher.

„Mäuschen!“, lacht Schwester Rosa. „Du hast gewonnen!“

„Eilis hat gewonnen!“, kreischt Sirup wie ein Papagei. „Eilis hat gewonnen!“

„Am Samstag ist die Vernissage", sagt Schwester Rosa, wieder in die Zeitung vertieft. „Da werden alle Bilder, die zum Malwettbewerb eingereicht wurden, im Gemeindezentrum ausgestellt. Und das Gewinnerbild, dein Pastell-Bild, Eilis, bekommt einen Ehrenplatz." Schwester Rosa lässt die Zeitung sinken und lächelt zu Eilis herüber.
„Na?", fragt sie. „Freust du dich?"
„Ja", nickt Eilis. „Sehr." Sie hat rote Wangen und ihre Augen glänzen.
„Wahrscheinlich werden sie dich bitten, ein paar Worte zu sagen", meint Schwester Rosa nachdenklich. Eilis wird noch röter.
„Das kann ich nicht!", sagt sie abwehrend.
„I wo", meint Schwester Rosa vergnügt. „Das schaffen wir schon."

Schwester Rosa holt Zettel und Stift und macht sich am Tisch breit.
Ich sortiere die Patience-Karten nach Farben. Ein Stapel rot, ein Stapel schwarz.
Eilis hat einen Malwettbewerb gewonnen. Mit einem Pastell-Bild.
Mit meinen Pastellkreiden? Mit den Kreiden, die ich ihr gegeben habe? Eilis hat früher nie gemalt. Ich fühle mich wie in einem Traum. Alles ist so unwirklich. Selbst die rutschigen Karten in meiner Hand. Ich habe gar nicht mitbekommen, dass Eilis gemalt hat. Ich habe gar nichts mitbekommen. Ich war in meiner Betthöhle, wie die Bären im Winterschlaf.
Einen kurzen Moment lang halte ich inne. Dann hole ich die Schachtel vom Sofatisch und schlichte die Karten hinein.
Ich habe Hunger.

ANA

Als es an der Tür läutet, steht der Lehnstuhl schon im Wohnzimmer. Ana hat ihn vor den Durchgang zur Küche geschoben und ihn noch einmal mit einem feuchten Tuch abgewischt. Das grüne Leder glänzt in den letzten Sonnenstrahlen des Tages, die der riesige Baum im Garten durchlässt.
„Ich komme!“, ruft sie, auch wenn man das unmöglich bis unten vor die Haustür hören kann. Der Türöffner summt und sie schließt die Wohnungstür auf. Aus dem Treppenhaus hallen dynamische Schritte. Die letzten paar Stufen nimmt Levon mit einem Satz.
„Hallo“, sagt er atemlos. „Danke für deinen Anruf!“
„Danke dir fürs Kommen“, lächelt Ana. Sie tritt einen Schritt zurück und macht Levon den Weg in die Wohnung frei.

„Wow!“, ruft Levon sofort begeistert. „Ist er das?“ Er streift sich die Sneakers von den Füßen und betritt ohne Scheu das Wohnzimmer. Bewundernd lässt er die Hand über den Lehnstuhl streichen.
„Warum wirfst du den so plötzlich raus?“, fragt Levon erstaunt. „Der ist doch noch wie neu!“
„Weihnachten vor zwei Jahren“, lächelt Ana. „Von meinem Vater. Pass gut auf ihn auf.“ Sie wird rot.
„Bist du sicher, dass du ihn weggeben willst?“, fragt Levon. Ana schluckt.

„Ganz sicher“, nickt sie. Einen Moment lang spielt sie mit ihren Locken, dann winkt sie und geht voraus zur Baustelle.
„Er hat keinen Platz mehr hier“, erklärt sie Levon. „Das war bis jetzt mein Arbeitszimmer. Mit einer Couch für Gäste. Aber dort hinten ...“ Sie bricht ab und läuft auf die andere Seite des Raums, wo ein umgekipptes Bücherregal am Boden liegt. „Also hierher kommt das Hochbett. Mit Rutsche! Es sieht wirklich toll aus“, schwärmt Ana.
„Bist du dafür nicht schon ein wenig zu alt?“, neckt sie Levon. Ana lacht.
„Du weißt doch, dass das für Tiko ist!“, sagt sie. Levon lächelt. „Also, du bist jetzt Tagesmutter?“
„Ja, so kann man es nennen“, nickt Ana zufrieden. „Ich bin eine Außenstelle des Waisenheims. Tiko kann mich am Wochenende besuchen kommen, wenn sie schulfrei hat – und die anderen sind auch jederzeit willkommen.“
„Und deswegen hast du das Angebot aus England abgelehnt?“, fragt Levon neugierig. „Das ist irgendwie – ich meine –, versteh mich nicht falsch, aber ...“ Er überlegt. „Ist es das wirklich wert?“

Ana lässt den Blick über das Durcheinander in dem kleinen Zimmer wandern. Das umgelegte Bücherregal, der leere CD-Ständer, der viel zu große Schreibtisch ...
„Ja“, sagt sie lächelnd. „Das ist es absolut wert.“ Es wird noch einiges zu tun sein, bevor Tiko sich hier wirklich wie in einem zweiten Zuhause fühlt. Aber Ana freut sich auf jedes Bisschen davon.
„Ana?“, sagt Levon sanft.
Erstaunt dreht Ana sich um.
„Ja?“
„Ich freue mich für dich“, lächelt Levon. „Du siehst unheimlich glücklich aus.“

KAPITEL 24 / ICH

Der Kragen juckt. Er ist zu eng. Vielleicht bin ich gewachsen. Dicht neben mir im Gedränge steht Gaya. Die Schwestern haben ihr eine riesige Masche ins Haar gebunden. Mit weißen Punkten. Sie sieht aus wie Minni Maus. Ich stupse sie an und halte beide Daumen hoch.

„Affenzirkus", grummelt sie. Dann muss sie selbst lachen. „Für Eilis", meint sie und zuckt mit den Schultern.

Eilis sitzt ganz vorne, in der ersten Reihe. Bei all den Menschen zwischen uns kann ich sie nicht sehen, aber Schwester Mikis weiße Haarsträhne blitzt zwischen zwei dunklen Herrenanzügen durch. Wir waren als Allererste hier, weil Eilis so nervös war. Vom Stehen tut mir die Hüfte weh. Aber auf der Bühne testet schon irgendjemand das Mikrofon. Gleich muss es losgehen.

„Sind wir zu spät?", fragt Lucine ganz außer Atem. Sie schiebt sich zwischen Gaya und mich, die Haare zerzaust. Die rote Samtkappe leuchtet aus ihrer Manteltasche. Die mit dem kleinen lila Knopf oben auf dem Scheitel.

„Hallo, ihr beiden", wispert Lucines Mama hinter uns.

Ich nicke ihr zu.

„Wo sind die anderen?"

„Nervös", sagt Gaya, ohne sich umzudrehen. „Am Klo."

Lucine lacht. Sie drückt meine Hand. Dann rückt sie ihre Ärmelschoner mit dem Daumenloch zurecht.

„Hab ich selbst gestrickt“, flüstert sie mir ins Ohr. „Ich kann dir auch welche machen, wenn du magst. In Rosa vielleicht?“
Ich stoße sie leicht mit dem Ellbogen in die Seite. Wir lächeln uns an.

Ein Ruck geht durch die Menge, als hätte jemand hinten angeschoben. Der Bürgermeister steigt die kleine Trittleiter zur Bühne hinauf und gleichzeitig drängt sich Sirup hüpfend zu uns durch.
„Rechtzeitig“, lacht er zufrieden. Lucine drückt seinen Arm und legt den Finger an den Mund. Sirup strahlt, als hätte sie ihm ein Kompliment gemacht. Ich verstehe nicht richtig, was der Bürgermeister sagt. Es geht irgendwie um Kunst und um Mut. Irgendwann beginnt Lucines Mama hinter mir zu klatschen. Ich klatsche mit. Ein blondes Mädchen läuft auf die Bühne. Sie hat ein Kuvert in der Hand.
„Meine verehrten Damen und Herren“, sagt sie in einem lustigen Singsang. „Ich darf nun den Sieger oder die Siegerin des ersten offiziellen Gemeinde-Malwettbewerbs verkünden!“
„Eilis hat gewonnen“, ruft Sirup neben mir. „Das weiß doch jeder! Das wissen wir doch schon lange!“ Aufgeregt dreht er sich zu Lucines Mama um. „Können sie ihr das wieder wegnehmen? Hat jetzt jemand anderes gewonnen?“
Den Blick nach vorne gerichtet, winkt Lucines Mama ab.
„Freuen Sie sich mit mir über eine würdige Gewinnerin – Frau Eilis Mandalin!“
Wieder klatscht die Menge, aber dieses Mal viel lauter.
„Frau“, gluckst Sirup und hält sich die Hand vor den Mund. „Sie hat Frau gesagt ...“ Ich verdrehe die Augen. Lucine lächelt mir zu.

Vorne schiebt jemand die Rampe zurecht, die sie zur Bühne hinauf gelegt haben. Schwester Miki schiebt Eilis hinauf, die

Beine fest gegen den Boden gestemmt. Gleichzeitig trägt jemand einen verhüllten Kasten zum Mikrofon. Die Blonde zupft das Leintuch darauf zurecht.
„Liebe Eilis", sagt der Bürgermeister. „Ich möchte dir gleich als Erster gratulieren. Du hast eine wunderbare Arbeit eingereicht. Herzlichen Glückwunsch! Weiter so!"
Er macht einen Schritt zurück und schwingt mit spitzen Fingern das Leintuch durch die Luft.
„Meine Damen und Herren", ruft er. „Das Siegerbild!"
Unter dem Leintuch kommt ein blaues Blütenmeer zum Vorschein. Es sind Kornblumen. Dahinter steht ein Schubkarren und ganz am Rand des Bildes – ist das etwa mein Strohhut? Der mit dem löchrigen Hutband?
Die Blonde stellt sich mitten vor das Bild und reicht Eilis die Hand. Der Bürgermeister schwenkt eine Urkunde vor ihrem Gesicht.
„Eilis", sagt er ins Mikrofon. „Möchtest du etwas sagen?"
Ich sehe, wie Eilis panisch den Kopf schüttelt, aber da hält ihr die Blonde das Mikrofon auch schon dicht vor den Mund. Mit einem Mal ist es peinlich still im Saal.
„Danke", stottert Eilis. Es piepst. Sirup hält sich die Ohren zu. „Ich wollte eigentlich nur danke sagen." Hilflos sieht sich Eilis nach Schwester Miki um. Die beugt sich vor und flüstert ihr etwas ins Ohr. Eilis lächelt.
„Ich wollte gar nicht malen", sagen die Lautsprecher mit Eilis' Stimme. „Ich lege viel lieber Patiencen. Aber die Schwestern haben mir die Karten weggenommen. Sie haben gesagt, ich soll einmal etwas Vernünftiges machen." Ein paar Leute aus der Menge lachen. Ich sehe, wie Schwester Miki rot wird.
„Zuerst war ich böse und ich habe gar nichts getan", fährt Eilis fort. „Aber dann hat mir jemand geholfen. Und deswegen habe ich zu malen begonnen." Glücklich lächelt sie den Bürgermeister an. „Und jetzt habe ich auch noch gewonnen!"

Tosender Applaus unterbricht sie. Die Blonde richtet sich wieder auf, doch Eilis zupft sie am Rock.
„Ich möchte noch etwas sagen", ruft sie. Sofort bekommt sie das Mikro zurück. Aber Eilis überlegt noch einen Moment.
„Danke Hovanes", sagt sie schließlich. „Du bist der beste Bruder, den man sich wünschen kann."
Wie von selbst kriecht meine Hand in den Mund und ich kaue auf den Fingernägeln. Schatten huschen über die Bühne, Eilis' Rollstuhl rumpelt über die Rampe, ein anderes Bild wird hinaufgetragen, die Leute klatschen. Plötzlich weiß ich gar nicht, wo ich hinschauen soll. Mein Gesicht glüht. Ich drehe mich um und laufe aus dem Saal.

Jemand hält mir die schweren Flügeltüren auf. In der Eingangshalle ist es kühl. Die Fliesen glitzern und ich sehe Staubflocken in der milden Abendsonne tanzen. Vor dem Gemeindezentrum steht eine Bank. Als ich mich darauf niederfallen lasse, pressen meine Lungen pfeifend den aufgestauten Atem heraus. Die frische Luft tut gut. Ich atme tief ein und aus. Meine Nase rinnt. Ich wische mit dem Handrücken darüber.
Hinter mir geht surrend die automatische Schiebetür auf. Lucine tritt heraus, bleibt neben meiner Bank stehen.
„Drinnen servieren sie schon Wein", sagt sie. „Saft gibt es auch."
Ich untersuche meine Fingernägel. Die Kauspuren von vorhin sehen hässlich aus.
„Willst du zum Spielplatz gehen?", fragt Lucine.
Sie setzt ihre Kappe auf und schiebt sie etwas zur Seite.
Wir treten auf den Parkplatz und gehen in Richtung Spielplatz. Die Luft ist angenehm in Bewegung. Die Sonne steht tief und färbt alles in ein warmoranges Licht. Das Gelächter und Geschnatter der Leute und das Klingen der Gläser verfolgt uns eine Weile, aber ich höre es schon bald nicht mehr. Was bleibt,

ist nur das Kiesknirschen bei jedem unserer Schritte. Vielleicht ist es auch mein Knie, das knirscht. Oder mein Unterkiefer. Ich setze mich auf eine der Schaukeln und lasse die Beine baumeln. Der schlechte Fuß baumelt gegen den guten. Ich versuche, ihn in eine andere Richtung zu lenken. In eine geradere. Dann lasse ich es sein.

Lucine setzt sich auf die freie Schaukel neben mir. Eine Weile pendeln wir so nebeneinander, einmal aufeinander zu, einmal voneinander weg. Die Ketten quietschen.

„Hovanes?", sagt Lucine. Ich drehe den Kopf, hefte meinen Blick an ihre Kappe.

„Was Eilis gesagt hat, ist richtig", sagt Lucine ernst. „Du hast ihr geholfen, nicht mehr so traurig zu sein. Und du hast ihr geholfen, ein neues Talent in sich zu entdecken." Langsam wandert mein Blick von dem kleinen lila Knopf über den Rand der Kappe hinunter zu Lucines blonden Augen. Sie lächeln.

„Du bist echt eine Nummer, Hovanes", meint Lucine kopfschüttelnd. „Ich weiß gar nicht, was ich ohne dich tun würde."

Meine Ohren sausen, aber ich lehne mich weit nach hinten, strecke die krummen Beine, schwinge nach vorne, schwinge zurück, immer schneller, in weichen Wellen, und mein Magen hüpft in der Mitte.

Zum ersten Mal in meinem Leben bin ich nicht traurig, dass ich keine Stimme habe, um zu schreien.

Ich spüre mich auch so.

Ein Weisheitslied Davids, als er in der Höhle war. Ein Gebet.

Mit lauter Stimme schreie ich zum Herrn,
laut flehe ich zum Herrn um Gnade.
Ich schütte vor ihm meine Klagen aus,
eröffne ihm meine Not.
Wenn auch mein Geist in mir verzagt,
du kennst meinen Pfad.

Auf dem Weg, den ich gehe,
legten sie mir Schlingen.
Ich blicke nach rechts und schaue aus,
doch niemand ist da, der mich beachtet.
Mir ist jede Zuflucht genommen,
niemand fragt nach meinem Leben.

Herr, ich schreie zu dir, ich sage:
Meine Zuflucht bist du,
mein Anteil im Land der Lebenden.
Vernimm doch mein Flehen;
denn ich bin arm und elend.
Meinen Verfolgern entreiß mich;
sie sind viel stärker als ich.

Führe mich heraus aus dem Kerker,
damit ich deinen Namen preise.
Die Gerechten scharen sich um mich,
weil du mir Gutes tust.

SARAH MICHAELA ORLOVSKÝ, geboren 1984 in Linz, schreibt seit 2009 in den unterschiedlichsten Ländern Afrikas und Europas – aber immer für Kinder und Jugendliche. Sie hat ihr Notizbuch an der Uni Wien, sowie in Zambia, Armenien, Äthiopien, der Slowakei und Rwanda gefüllt. Mittlerweile erprobt sie gemeinsam mit ihrer Familie die Eigenheiten des sesshaften Lebens im Salzkammergut. Zwischen den Tiefen des Traunsees und den luftigen Höhen der Berggipfel entsteht bereits wieder eine neue Geschichte.
Im Tyrolia-Verlag sind von ihr bereits die beiden Kinderbücher „Geschichten von Jana“ sowie „Neue Geschichten von Jana“ (Illustration: Nadine Kappacher), die Jugendbücher „ich. #wasimmerdasauchheißenmag“ (Illustration: Ulrike Möltgen) und „Eine halbe Banane und die Ordnung der Welt“ sowie das Pappbilderbuch „Babybauch und Windelwunder“ (Illustration: Birgit Antoni) erschienen.